文
景

———————

Horizon

社 科 新 知　文 艺 新 潮

各自沉默：
约恩·福瑟
戏剧三种

［挪威］
约恩·福瑟 著
李澍波 邹雯燕 译

上海人民出版社

目 录

夜晚唱着歌

李澍波　译

人物表

年轻女人

年轻男人

父亲

母亲

巴斯特

I

　　暗场。灯光起。一间客厅，舞台前方稍靠右的位置有一张沙发、一把扶手椅和一个茶几。后方稍靠左处有一扇大窗户，窗外是明亮的。窗户右边稍高处挂着时钟，显示时间为两点四十五。时钟下方稍靠右处挂着一张男婴的照片。窗户左边是一个尺寸大得异乎寻常的矮柜。左边侧墙有一扇门，右边侧墙也有一扇门。年轻男人躺在沙发上读着一本书。

年轻女人

（从右边的门上场。）

　　我受不了了

　　再也受不了了

（短暂停顿。）

　　不　我受不了了

　　我们不能再这样生活下去了

（年轻男人缓缓坐起，合上书，食指夹在刚刚读到的地方。）

　　你躺在那儿看书

你不出门

你什么都不做

（快速列举道。）

钱钱我们没有

工作工作你也没有

我们

什么都没有

（她走过去坐在扶手椅上。）

而且你越来越不爱出门

以前你至少还会去去商店

买东西

去邮局

你从来不出门散步

可我一直特别喜欢散步

从前

在遇到你之前

我经常去远足

每个星期天都去

其他日子也经常去

而且我那时还有朋友

就算没有很多

我也还是有朋友的

女性朋友

但她们

她们再也不来这儿了

就连玛尔特也不来了

她只会按一下门铃

站在外面跟我说话

她不肯进来

因为你只会干坐在那儿

浑身冒着不自在

我的朋友们来过几次

但你只会坐在那儿

僵硬又局促

一言不发

（无奈地笑。）

那种气氛啊

谁能受得了

所以

（看向他。）

她们当然就不怎么来了

没人会到这儿来

（短暂停顿。）

你不舒服

你受不了有人来

好吧

（年轻男人叹了口气，看着她。）

　　　不　我再也受不了了

（年轻男人点头。停顿。）

　　　现在终于有人

　　　要来看我们了

　　　是你的父母

年轻男人

（辩解地。）

　　　这是因为你父母

　　　也

　　　来过几次

（短暂停顿。）

　　　他们上一次登门

　　　就在不久前

　　　又不是我

　　　让我父母来的

年轻女人

　　　但幸好

　　　他们也不会

　　　在这儿待很久

年轻男人

是啊　是啊

（短暂停顿。他看向她。）

这事也不奇怪

他们就是想

看看孙子

（有点生气地。）

难道他们不能来吗

他们来这儿就是为了看看他们的孙子

你明白的

他们来这儿

没有别的原因

年轻女人

好　好

（短暂停顿。）

他们也是时候

该来看看这孩子了

我简直不敢相信

他们会在意这孩子

他们本可以早点来的

是的　我确实是这么想的

（年轻男人低下头。停顿。）

年轻男人

　　他们只是不想给我们

　　添麻烦

年轻女人

　　是啊　他们是一定要来的

　　我能理解

　　能理解他们不得不来

（她环顾客厅，叹了口气。）

　　这么说来

　　我也该开始打扫卫生了

　　在你父母进门前

　　在婆婆上门时

　　一切都要干净又体面

　　不是吗

（年轻男人把书放在茶几上，站起来，开始在客厅里走来走去。）

　　你可省省吧

（大声地。）

　　省省吧

　　我看你

　　这么走来走去就受不了

（无奈地。）

我会把屋子收拾好的

你

就不用操心了

（年轻男人回到沙发旁，坐下。）

我会把一切都做好的

你呢

就放松好了

继续看你的书去吧

你

继续看吧

（她轻轻笑了笑。）

或者你也许可以考虑下

出门买点东西

（他有点惊恐地看着她。）

还是这事也得我做

我去买东西

收拾屋子

给你父母做饭

（大声地。）

不　你可以出门买东西的

年轻男人

（不情愿地。）

好吧

年轻女人

（惊讶地，怀疑地。）

　　你居然敢出门了

　　你已经很久不敢去商店了

（年轻男人摇摇头，无奈地。）

　　那你为什么答应了呢

年轻男人

　　我刚才应该拒绝吗

年轻女人

　　不　你就躺在那儿

　　只是躺着

　　躺在那儿看书

（短暂停顿。）

年轻男人

　　我可以收拾屋子

年轻女人

　　很好

（短暂停顿。讽刺地。）

可你不是要写作吗

还要

读书

你的创作进展如何

你有在写作吗

还是只是在沙发上躺着

年轻男人

（想到些什么。短暂停顿。有点热切地。）

实际上

我想　也许

是的　我给一家出版社寄了点东西

就在不久前

年轻女人

你给一家出版社寄了点东西

年轻男人

（点头。）

是的

（短暂停顿。）

但他们可能

并不需要

年轻女人

我相信肯定会有个好结果的

（年轻男人点头。突然宽慰地。）

我相信会的

我

毕竟你

（短暂停顿。）

是的　从我认识你开始

你就总是写啊写

一年又一年

有一阵子了

你啊

一直写啊写

（年轻男人点头。）

写了又写

（突然地。）

嘘

你听到什么了吗

（年轻男人摇摇头。）

他是不是哭了

（年轻男人又摇摇头。）

我得过去看看他

（年轻女人从左边的门出去，年轻男人拿起书，翻了翻，寻找刚才阅读的那页，躺在沙发上，继续翻着书，找到了那页，开始阅读。年轻女人又进来了。）

不　你又开始看书了

我们还有很多事要做

你不是要收拾屋子吗

（年轻男人合上书，食指夹在刚刚读到的地方。）

年轻男人

他睡着了

年轻女人

是的

（短暂停顿。）

你不想出门买东西

（年轻男人绝望又恳求地看着她。）

你不敢

不

（她无奈地摇摇头。）

不　我再也受不了了

你从不出门

我无法理解

（几乎要哭出来。）

　　我再也受不了了

（年轻男人抬起头，沮丧地看看周围。年轻女人无奈地摇摇头。）

　　不

（停顿。门铃响起。年轻女人看向年轻男人。）

　　你爸妈

　　他们现在就到了吗

　　他们本该再有一会儿才到

　　好吧

（他困惑地看着她。）

　　你觉得呢

　　是不是你爸妈

（他仍然坐着，把书放到茶几上。）

　　我该去开门吗

（他只是坐在那里，她从右边的门下场。他站起来，走到窗前，向外望去，然后转身，朝右边的门望去，映入眼帘的是一个六十多岁的男人，穿着蓝色羽绒夹克，手里拿着一个棕色提包，低着头，当他看到年轻男人时，抬起了头，将提包换到另一只手里，然后伸出手、低着头朝年轻男人走去，他们彼此问候握手，但都没有直视对方。）

父亲

嗨　你们好　你们好

我得恭喜你们有孩子了

年轻男人

谢谢　谢谢

（年轻女人和母亲走进来，母亲穿着一件外套，年轻男人看向母亲。）

母亲

啊我们终于见到你了

我们又见到你了

（她伸出手，走向年轻男人，年轻男人也走向母亲，他们握了握手，她站在那里握着他的手。）

我得好好恭喜你们

有小宝宝了

（她看向年轻女人，松开了他的手。）

哦这太好了

这太好了

我们终于见到我们的孙子了

我已经

（看向父亲。）

是的　我们已经

等待很久了

难道不是吗

父亲

（拉长语调。）

是啊

母亲

（坚定地。）

是的　我们确实等了很久

（看着年轻女人。）

可是孩子在哪儿呢

年轻女人

他正睡觉呢

在卧室里

母亲

哦

但我一定要去看看他

就现在

（年轻女人点头。父亲环顾四周，有些迷茫，不知道自己该
怎么做，仍然站在那儿。）

年轻男人

（对父亲说。）

　　坐吧

父亲

　　好的　　谢谢

（父亲走到扶手椅前坐下，将提包放在椅子旁边。年轻女人和母亲朝左边的门走去。）

母亲

（对父亲说。）

　　你也

　　过来

　　你一定要看看这小宝贝

父亲

　　不　不

　　我可以等他醒来再去看

（母亲走出门，年轻女人跟着她。

停顿。

对年轻男人说。）

　　是的　　这儿就是你住的地方

年轻男人

　　我住在这儿

　　是的

父亲

　　是的　　当然

（停顿。）

年轻男人

　　你们呢

　　你们一切都好吗

父亲

　　一切基本都还是老样子

　　是的

年轻男人

　　还有家里的其他人

　　也一切都好吗

父亲

　　是的　　我想不到有什么新鲜事

　　总之

一时真想不到

年轻男人

好吧

事情就是这样

父亲

是的

（停顿。）

你过得还好吧

年轻男人

我没什么要抱怨的

几乎一直是老样子

父亲

（有点突然地。）

你现在有工作吗

（年轻男人摇摇头。）

没有　好吧

找事情做

可能是不太容易

的确

年轻男人

不容易

父亲

但你们俩还算过得去

年轻男人

（不情愿地，拉长语调。）

是

父亲

（环顾四周。）

你们这儿

不错

不管怎么说

这地方

靠近市中心

对吧

年轻男人

的确是

父亲

　　不过　　住这儿一定很贵吧

年轻男人

　　非常贵

（停顿。）

父亲

　　但你们俩还能应付

年轻男人

　　我们还行

（轻轻笑了笑。）

　　不管怎么说

　　算是吧

父亲

　　是的　　我们必须到城里来一趟

　　我和你妈妈

　　有点事

　　要办

　　所以我们必须得

（住口不语。）

年轻男人

　　是的　　是这样

　　事情

　　就是这样

（孩子的哭声响起。）

父亲

（看向年轻男人。）

　　他肯定是醒了

年轻男人

　　是的

（停顿。）

　　他每天大部分时间都在睡觉

父亲

　　那他倒是不常哭

（年轻男人摇摇头。哭声渐息。）

年轻男人

　　我想他应该是又安静下来了

（短暂停顿。）

　　他睡得很多

是的

父亲

是 这挺好的

就是这样

（短暂停顿。）

嗯 我们就是想顺路来看看

我们想

既然我们到城里来了

是的

年轻男人

是的 合情合理

（短暂停顿。）

父亲

我们不会待很久的

就只是顺路过来看看

年轻男人

是的

（短暂停顿。年轻女人走进来。）

年轻女人

　　他醒了

　　醒了一会儿

　　但

　　立刻又睡着了

（母亲走进来。）

母亲

（对年轻女人说。）

　　唉　我真不该把他吵醒

　　我不是故意的

　　唉　真是太糟糕了

（她走过去在沙发上坐下。

对父亲说。）

　　你一定要去看看他

　　一个特别漂亮的小男孩

　　你一定要去看看

父亲

　　好的

（年轻女人从右边的门下场。）

母亲

（对父亲说。）

　　　很难看出来

　　　他长得像谁

　　　不过

　　　天啊　他太漂亮了

　　　当然不像你

（然后看向年轻男人。）

　　　也不像你

　　　不　他根本不像你

（短暂停顿。）

　　　也不像我

　　　说实话

　　　不像

（朝右边的门点头。）

　　　也不像

　　　她

（轻声对年轻男人说。）

　　　你们俩到底过得怎么样

年轻男人

　　　好吧　谢谢

　　　一切都很好

母亲

（忧心忡忡地。）

孩子也很好

年轻男人

是的　全都很好

母亲

但是

（住口不语。短暂停顿。她看向父亲，他垂下视线。
停顿。）

年轻男人

（对母亲说。）

你们今天到城里来了。

是的

母亲

是的　我们一定得过来看看
这个小家伙

年轻男人

是

（短暂停顿。

对母亲说。）

　　　而且你们还有点事要办

父亲

　　　是的

母亲

（急忙说。）

　　　但我们来

　　　主要是为了

（在年轻女人进来时住口不语。）

年轻女人

　　　看来我得出趟门

　　　我

　　　去买点吃的

　　　好招待客人

（轻轻笑了笑。）

母亲和父亲

（两人几乎同时开口。）

　　　不　　不用

不需要这样

年轻男人

你们来得有点突然

母亲

我们到早了

是的

（对年轻女人说。）

是的　请原谅我们

年轻女人

没事的

母亲

（对年轻女人说。）

我们只是想过来看看

就待一会儿

我们马上就要走了

（解释地。）

是的　因为他们改了公交车的时刻表

年轻女人

（对父亲说。）

　　　但你一定得去看看

　　　他

　　　你也去看看吧

父亲

（害羞地垂下视线，拉长语调。）

　　　好的

年轻女人

　　　你们俩

（看看年轻男人，又看看父亲。）

　　　可以过去看看他

父亲

　　　也

　　　可以再等等的

年轻女人

　　　没事　　去看看他吧

年轻男人

（站起来。）

　　　是啊　来吧

（父亲站起来，年轻男人和父亲从左边的门下场。停顿。）

年轻女人

　　　我必须得

　　　出门去买点东西了

　　　我

　　　这样才有东西招待你们

　　　你们来的时候

　　　我原本正要出门

母亲

（急忙说。）

　　　不　你不用忙

　　　我们马上就得走了

　　　你知道的

　　　公交车马上要来了

（短暂停顿。）

　　　我们只是顺路来看看

　　　我们

　　　不会待太久的

年轻女人

好吧

母亲

我们只是想来看看

这小家伙

既然我们已经到城里来了

（看向她。）

是的　他长得太漂亮了

年轻女人

是

母亲

他真是一个漂亮的小宝贝

是的　你们真幸运

（短暂停顿。）

而且一切都很好

你和孩子都很好

年轻女人

没什么反常的事发生

一切都如预期

一切都好

母亲

是啊　这很好

（停顿。）

你还在休产假吗

年轻女人

是的

母亲

这样真好

这样

你就有时间

陪着孩子了

（停顿。）

哦　我们带来一个小礼物

（轻轻笑了笑。）

当然

（她走过去把提包拎起来放在扶手椅上，拉开拉链，取出一个包裹，而后拿着包裹站在那儿。）

不　这不算什么

就是一点小心意

我们就是想给孩子送点什么

（她把礼物递给年轻女人。）

年轻女人

（接过包裹。）

太感谢了

这真是太好了

母亲

这不算什么

（年轻女人站在那儿摆弄着包装纸，好像不知道该怎么做。
短暂停顿。）

是的　那是个漂亮的孩子

（母亲无奈地摇摇头。父亲从那扇门走进来。
紧张地，对父亲说。）

你觉得怎么样

父亲

（真诚地，一字一顿地。）

是的　真是个漂亮的男孩

（母亲意味深长地看着年轻女人。年轻男人走进来，他看到
年轻女人站在那儿摆弄着包裹。短暂停顿。）

年轻男人

（对年轻女人说。）

　　　我们收到了礼物

（她点头。）

　　　那把它打开吧

（对母亲和父亲说。）

　　　谢谢你们

（年轻女人在沙发上坐下，开始拆包裹。）

母亲

（自谦地。）

　　　这不算什么

　　　就是一点小东西

年轻女人

（打开包裹，拿出一条蓝色的毯子，在面前展开，然后举着
给年轻男人看。）

　　　真不错

年轻男人

（点头。）

　　　是啊

母亲

　　琢磨要买什么可真费脑筋

　　这只是一件小礼物

（年轻女人把毯子放在茶几上，站起来，拿着包装纸从右边
的门下场。母亲拿起毯子，看着。

对父亲说。）

　　是吧　他漂亮吧

父亲

（自顾自微笑。）

　　是的

（短暂停顿。）

　　但他像谁呢

母亲

　　直说吧

（把毯子叠好，放回茶几。）

父亲

　　不　我不能说

母亲

　　不管怎么说

反正不像你

父亲

不像

母亲

也许像

（住口不语。）

不　我也不知道

（父亲走过去，坐在扶手椅上，对年轻男人说。）

是的　你有了一个漂亮的儿子

（年轻女人走进来，她已经穿上了外套。母亲急忙朝年轻女人走去。）

不　别忙了

我们马上就走

今天就这样吧

他们调整了公交车的时刻表

（看向父亲。）

不是吗

父亲

（拉起羽绒夹克的袖子，看看手表。）

是啊　我们马上得走了

（看向母亲。）

　　时间快到了

母亲

（看向年轻女人，解释地。）

　　我们只是想来和小家伙

　　打个招呼

父亲

　　是啊　这次本来就打算只待一会儿的

（站起来，拿过提包，放在扶手椅上，拉上拉链，然后走到
房间中央。）

母亲

（站起来，也走到房间中央。）

　　是啊　我们下次来

　　再待久一点

　　但今天就这样吧

父亲

（对年轻男人说。）

　　你知道的

　　现在公交车的班次

41

也没有那么多了

母亲

（对年轻女人说。）

　　这

　　实际上

　　是今天的

　　最后一班公交车了

年轻男人

（询问地。）

　　他们已经停运了

　　其他线路吗

父亲

　　是的

（短暂停顿。

对年轻男人说。）

　　你们也要来看看我们

　　你们仨

母亲

（赞同地。）

是啊　你们一定要来

等到夏天

等明媚暖和的时候

那时你们一定要来

看看我们

好吗

年轻男人

当然　谢谢你们过来

（短暂停顿。）

你们下次来

要待久一些

（母亲和父亲朝右边的门走去。）

我送你们出去

（母亲和父亲出了门，停下来，看着年轻女人。）

母亲

是的　这次见面太匆忙了

但人在没脑子查公交车时刻表的时候

只能如此

是的　你们多保重

父亲

是的

保重

（母亲和父亲从右边的门下场。年轻男人跟在他们后面，年轻女人走到扶手椅前坐下，双腿打开，神情有些无奈。停顿。年轻男人返回。年轻女人站起来，走到房间中央，年轻男人走过去，在扶手椅上坐下。）

年轻女人

（对年轻男人说。）

现在你看到了吧

没人愿意待在这儿

连你的父母也待不住

他们几乎还没好好坐下

就走了

只是匆忙地看了孩子一眼

聊了两句他长得

像谁不像谁

然后就走了

（短暂停顿。）

他们肯定觉得

这孩子不是你的

（她笑了一下。年轻男人站起来，又在沙发上躺下。停顿。）

我觉得他们不喜欢他
一点儿都不喜欢

年轻男人

（恼怒地。）

他们当然喜欢他

年轻女人

我不知道
我

年轻男人

好吧　他们喜欢他
你为什么要说那种话

年轻女人

也许吧　他们喜欢他

年轻男人

他们喜欢他
当然
他们特别喜欢他

年轻女人

　　好吧　　他们喜欢

　　行了

（停顿。）

　　不过现在

　　我还是得出去买点东西

　　不然我们就没什么可吃了

（询问地。）

　　好吗

（坚定地。）

　　如果他一会儿醒了

　　你得把他抱起来

（年轻男人点头，当年轻女人站着看向他时，他从茶几上拿起书，翻找刚才读的那页，找到了，开始阅读。）

　　那我走了

（他点头，没有看她。她从右边的门下场。他把书放在胸口上，继续躺在那儿，直视前方。停顿。）

　　灯光灭。暗场。

II

　　暗场。灯光起。窗外已半黑。墙上的时钟显示时间为五点半左右。年轻男人依然躺在沙发上，书放在胸口上。他站起来，走到窗前，往外看去。年轻女人从右边的门上场，穿着外套，手里提着购物袋。

年轻女人

（把一封信递给年轻男人。）

　　你的信

年轻男人

（慢慢地朝她转过身去。

有点害怕地。）

　　信

年轻女人

　　是啊　一家出版社寄来的

（她朝他走去，把信递给他，他站在那儿看着信。）

你不激动吗？

（他摇摇头。）

年轻男人

　好吧　实际上

　是有点

年轻女人

　是的　也许

（住口不语。）

年轻男人

（快速地。）

　但你出去了很久

年轻女人

　是

（短暂停顿。）

　是的　我到玛尔特那儿去了一趟

（短暂停顿。）

　对了　她也正要到这儿来

（她轻轻笑了笑。）

　今天这一天啊

先是你爸妈来

然后玛尔特本来也要来的

我们已经很久没这么多客人了

我记忆中是这样

（短暂停顿。）

不过你爸妈没待多久

（快速地。）

他还在睡觉吗

年轻男人

是

年轻女人

那今天晚上

他肯定不会乖乖睡觉了

他一直在睡觉吗

年轻男人

（点头。）

是

我没听到他有什么动静

年轻女人

　　你也没进去

　　看他一眼

年轻男人

　　有的　　看过几次

年轻女人

　　好吧　　这时候他应该快醒了

　　但是

（短暂停顿。）

　　今天晚上

　　我打算和玛尔特出去

年轻男人

（疑惑地。）

　　哦

年轻女人

　　我希望可以

（他没有回答。

快速地。）

　　我不能只是在家里坐着

你知道的

是的

她一会儿就过来

然后我们就一起

出门

（她拎起购物袋。）

我买了吃的

你要想吃的话

就吃点儿

（她笑了笑。）

我不想做晚饭了

我在玛尔特那儿吃了一点

年轻男人

玛尔特要来这儿

年轻女人

是的　不过她就只在门口待一会儿

（短暂停顿。）

她当然不会在这儿待太久

你弄出来的那种气氛

在你周围蔓延

（她短促地笑了一下。）

年轻男人

（失去力气地。）

　　好吧　　好吧

（短暂停顿。）

　　你去了玛尔特那儿

年轻女人

　　是

（短暂停顿。）

　　现在你还是拆你的信吧

年轻男人

　　不　先不拆

年轻女人

　　为什么不拆

年轻男人

（拉长语调。）

　　不

年轻女人

　　我得去叫醒他

他不能睡一整天

不　他不能再睡了

我得去叫醒他

或者你去吧

去叫醒他

给他换换尿布

喂他点吃的

年轻男人

（点头。）

好的　我可以去做

（短暂停顿。）

玛尔特几点来

年轻女人

她马上就来

随时可能到

我还得去准备准备

（他还在那儿站着，视线斜斜垂下。）

你

你明白的

尽管你想整天待在家里

尽管你从不出门

可我总能出去干点别的吧

我受不了整天待在家里

你几乎不说话

就躺在那儿

躺在沙发上看书

（无奈地。）

好吧

年轻男人

是的　我明白

年轻女人

我以前常和玛尔特聚在一起

她总来找我

我们坐在一起

说说笑笑

那时光真美好

可自从你我住在一起后

这就再也没发生过了

不能再这样下去了

年轻男人

是的　我明白

（停顿。）

年轻女人

　　　不过　　你得拆你的信啊

（年轻男人打开信，看了一眼。

询问地。）

　　　他们不要

　　　你写的东西

（他点头。）

　　　但这一次你本以为会成功的

　　　不是吗

年轻男人

　　　是的　　我是这么以为的

年轻女人

　　　你还要这样坚持

　　　写多久啊

　　　你不能只坐那儿埋头写

　　　一年又一年

　　　你不能一直这样

（住口不语。停顿。）

　　　也不一定非得当作家吧

是　我就是这么想的

你要么发表点什么

要么就找点别的事做

你不能只坐在家里

永远不出门

然后写些没人在意的东西

年轻男人

　　不

（他把信放在窗台上，走到扶手椅旁坐下。停顿。）

年轻女人

　　你还不去看看孩子吗

（短暂停顿。她走过去，把购物袋放在他面前的茶几上。）

　　不管怎样

　　这里有给你的吃的

（她从左边的门出去，过了一会儿又进来，拿着一面小镜子、一些化妆品和一件罩衫。）

　　他睡得这么香那就让他睡吧

　　等醒了你再给他换尿布

（她走到茶几前，放下小镜子、化妆品和罩衫，指着购物袋。）

　　你不能把这些东西拿到厨房去吗

（他点头，站起来，拿起购物袋，朝右边走去。她脱下外套，搭在扶手椅上，然后掀起毛衣从头上脱掉，只穿着胸罩站在那里，随即在扶手椅上坐下，拿过几件化妆品开始化妆。年轻男人走进来，在沙发上坐下。）

年轻男人

　　玛尔特还有多久到

年轻女人

　　她随时可能到

　　她马上就来了

（他点头。）

　　不过你爸妈

　　他们真是

（她住口不语，边化妆边摇头。）

　　想想看　他们这么就来了

　　然后就走了

　　我敢肯定

　　他们不喜欢这孩子

（短暂停顿。）

　　很可能是因为他们不喜欢我

　　所以就不喜欢这孩子

　　他们就没喜欢过我

你爸连多看孩子几眼都不愿意

年轻男人

不是这样的

年轻女人

不是　好吧
但那是怎么回事呢
你爸简直懒得
看那孩子一眼

年轻男人

他只是腼腆而已
不想太麻烦别人

年轻女人

和你一模一样

（她涂上亮红色的口红，站起来，在房间里走了几步，手里
拿着镜子，噘起嘴，又补了一点口红。她转向他，对他噘
着嘴。）

看起来还行吧

年轻男人

    嗯　是的

年轻女人

（好像沉浸在自己的念头中。）

    哎呀　出版社那事还挺让人可惜的

    他们不打算出

    你写的东西

（她从茶几上拿起罩衫，穿上，扣上纽扣。她在房间里走了几步，又看看镜子里的自己，补了一点口红。她走到窗前，站在那里向外望，臀部微微偏向一侧。年轻男人坐下来，看着她。她转向他。）

    啊玛尔特来了

    我看见她从街上走过来

    我想我还是现在

    就出去

    这样就免得你

（短促地笑了一下。）

    看到她

（她走过去，从扶手椅上拿起外套穿上，从地板上捡起毛衣，拿着毛衣、镜子和化妆品，把它们都放在窗台上，然后朝右边的门走去。她停了下来。）

    那

我得

抓紧走了

年轻男人

你几点回来

年轻女人

我不会太晚的

你

别等我

你

到点就去睡吧

年轻男人

嘿

年轻女人

还有什么事吗

年轻男人

我父母打电话来了

年轻女人

(似乎有些惊讶地。)

哦　真的吗

(似乎有些感兴趣地。)

有什么特别的事吗

年轻男人

没有

他们就是来个电话

然后妈妈说

她看到孙子后

整个人有点不知所措

她说

(他笑了一下。)

她都忘记把另一件给孩子的礼物

拿出来了

应该是个什么小玩具吧　我猜

年轻女人

不管怎么说

她想着给他带礼物来

就已经很用心了

(她从茶几上拿起毯子，站在那儿，看着它。)

年轻男人

她说

她会把玩具寄过来

（短暂停顿。）

年轻女人

（没话找话地。）

你爸妈倒也不常打电话来

（停顿。她走到矮柜边，拉出一个抽屉，把毯子放进去，合上抽屉。）

年轻男人

他们还说

他们已经安全到家了

（门铃响起。）

年轻女人

一定是玛尔特到了

年轻男人

（抱歉地。）

我只是觉得应该告诉你这件事

年轻女人

　　那

　　我

　　走了

（年轻男人点头，年轻女人从右边的门下场。
声音从厨房传出。）

　　干净的奶瓶和奶嘴

　　在厨房的料理台上

（他站起来，走到窗前，看着窗外，然后拿起信，站着读了
一会儿，又将信放回窗台，然后走到沙发旁，躺下，拿起
书，翻动书页，直到找到他刚才读的那页，读了一会儿，把
书放在茶几上，站起来，又向窗前走去，站在那儿，向外
看，他从窗台上拿起毛衣，仍站在那儿，手指抚弄着毛衣。）

　　灯光灭，暗场。

III

暗场。灯光起。窗外一片黑暗。时钟显示时间为两点半左右。茶几上放着一个奶瓶，里面还剩一点儿奶。年轻男人躺在沙发上，眼睛直盯前方，他站起来，走到窗边，看向窗外的夜色。孩子开始哭闹，他走到窗前的一辆旧婴儿车前，婴儿车的顶篷是打开的，他开始前后推拉婴儿车，他停了下来，站着晃动婴儿车，孩子的哭声平息下来。他走到沙发前坐下，然后又站起来，走到窗前，拿起那封信，走到沙发前坐下，读信。他把信放在茶几上，站起来，又走到窗前，向外望去，一直站在那儿向外看。他走到沙发前，躺下。年轻女人从右边的门上场，穿着外套，情绪高昂。他看向她。

年轻女人

（似乎有些惊讶地。）

　　你还没睡啊

　　我还以为

（她看向婴儿车。）

他醒着吗

年轻男人

没有

年轻女人

没醒

年轻男人

他已经

睡了一会儿了

不过之前醒了很多次

差点儿就没法再哄他睡着

他睡一会儿

就醒了

一晚上都这样

年轻女人

（询问地。）

他睡在婴儿车里

年轻男人

（有点恼怒地。）

怎么做都无法

让他在床上安静下来

他一直醒着

只要躺在床上

就没法哄他睡着

我必须摇晃着他

前前后后摇着他

他才能再睡着

年轻女人

给他奶嘴也没什么帮助

年轻男人

没有用

年轻女人

（朝婴儿车走去，低头看向里边。然后对年轻男人说。）

但现在他睡着了

睡得可香了

（询问地。）

他刚刚哭过

（短暂停顿。）

你给他换尿布了吗

年轻男人

　　换了

　　两次

（停顿。）

年轻女人

　　你也喂过他了

年轻男人

　　是的

（短暂停顿。）

年轻女人

　　我没想到

　　你还没睡

　　现在已经这么晚了

（她短促地笑了一下。）

　　你坐在这儿等着我

年轻男人

　　是啊

　　也不是

　　他刚才醒了

所以我也得起来

他总是醒

所以我干脆就起床

走到客厅来

年轻女人

所以你已经上床睡了

年轻男人

（撒谎地。）

是啊

（停顿。他在沙发上坐下。）

你玩得很开心

年轻女人

是的　的确如此

年轻男人

好吧　我的意思是

你去见了

你的朋友

年轻女人

　　是的

　　是玛尔特

年轻男人

（有点难过地。）

　　但你回来得太晚了

年轻女人

　　你一直等着

年轻男人

（点头，慢吞吞地，有点不情愿地。）

　　是的

（克服了犹豫。）

　　你去哪儿了

年轻女人

（有点无奈地。）

　　好吧

（她在房间里走来走去。）

　　不要　　不要再来这套

　　别又这样好吗

年轻男人

　　但是你至少告诉我

　　你去哪儿了

　　行吗

年轻女人

（突然显得有些疲倦，拉起外套袖子看了看手表。）

　　我们就不能去睡觉吗

　　这么晚了

　　我想上床休息

　　我想

　　明天和你说

（年轻男人没有回答。他又躺倒在沙发上。年轻女人回到窗前，站在那儿向外看。停顿。）

年轻男人

（对着眼前的空气说。）

　　你走吧

　　你去睡吧

年轻女人

（转身对他说。）

　　难道你不想去睡吗

（停顿。）

年轻男人

　　我想　我睡不着

　　我很累

　　但肯定睡不着

年轻女人

　　会的　假如你愿意试试

　　你肯定能睡着

年轻男人

　　睡不着

年轻女人

　　不管怎样我很累了

年轻男人

　　我看到

　　那辆车了

　　我站在这儿

　　看你是不是就快回来

　　我是说

那个开车送你回家的人是谁

我不是想

误会你什么

但是

好吧

年轻女人

（无奈地。）

看来今晚就这样了

我想我得喝点酒

（她从右边的门出去，再进来时一只手拿着一瓶酒，另一只
手拿着半满的酒杯。看向他。）

好吧

我准备好了

你随便问

年轻男人

不　我不会问的

年轻女人

我只是有点累了

（她喝了口酒。）

年轻男人

好吧

年轻女人

什么也没发生

没什么特别的事

这你也知道的

但你到底

想知道什么

（有点心烦意乱地。）

你去了哪儿

你和谁在一起

诸如此类

年轻男人

你至少能

告诉我点

什么

年轻女人

（无奈地。）

好吧

（喝了口酒。）

年轻男人

　　不　你不要这样

（短暂停顿。）

　　我只是心里不安

　　我不知道

年轻女人

　　好吧

（短暂停顿。有些僵硬地。）

　　是的　我去见了我的朋友

　　玛尔特

　　是的

　　然后我们去了一家餐厅

　　吃晚饭

　　后来我们又去了

　　一家迪斯科舞厅

　　然后

　　是的　我们去了夜店

（年轻男人从沙发上坐起，看向年轻女人。）

　　还想知道什么

　　你还想知道什么

　　够了吗

（短暂停顿。）

我们现在可以去睡觉了吗

我累了

我想睡觉

（她看着酒杯。）

等我喝完这杯

（短暂停顿。）

然后我们就可以去睡觉了

我们可以的

对不对

年轻男人

（看着她。）

你能不能

到我这边来

坐一会儿

和我说说话

我一定睡不着的

我能感觉到这点

我们不能聊一会儿吗

年轻女人

和你

说会儿话

年轻男人

是的

我一直这么等着

你反正也不用马上

就上床睡觉

年轻女人

（叹了口气。）

可是我真的很累

还有

（看着他。）

我可能有点醉了

我现在又喝了点

我肯定醉了

（她喝了口酒，走到沙发前，把酒瓶和酒杯放在地上，拿起茶几上的信，坐下来，看着信，而后看向他。讽刺地。）

你要出书了

很快

对不对

为这个我们也得干一杯

（她放下信，往杯子里倒酒，向他举起，但他摇了摇头。）

你现在不是只坐在家里写个没完没了了

终于要发表点什么了

哈

不算太糟

（他摇摇头。）

年轻男人

别聊这个了行吗

年轻女人

（把酒杯放在地板上，拿起信，读上面的内容，自顾自微笑，看着他，询问地。）

他们没接收它

"不符合我们对质量的严格要求"

年轻男人

（轻轻笑了笑。）

给我

（她把信递给他，他把信撕了，先横着撕再竖着撕，把纸揉成一团。她坐着，百无聊赖地，看着他。）

他们不想要它

不要

很好的回应

我写这个

至少用了

一年

年轻女人

肯定不止

年轻男人

是的

不管怎样　我已经

在上面花了很多时间

年轻女人

反正出版社多的是

（她拿起酒杯，浅啜一口。）

唉　这次一定会喝醉的

年轻男人

（询问地。）

你之前已经喝了很多

（她点头。）

但你看起来挺清醒的

年轻女人

我没喝

那么多

但来点儿酒

感觉是挺好的

（她又喝了点。短暂停顿。）

那

你今晚做了什么

年轻男人

没做什么

我就是在这儿坐着

推婴儿车

走几步

（他短促地笑了一下。）

等着你

（他看向她，笑了笑。）

但你去了哪儿

不能和我说说吗

（询问地。）

你和玛尔特在一起

年轻女人

（点头，有点害怕地。）

是

年轻男人

　　行　好吧

（他有些不安，看向她。）

　　不　这太蠢了

年轻女人

　　什么

年轻男人

　　不　我受不了了

　　这太蠢了

年轻女人

　　说说

年轻男人

　　不

　　我受不了了

年轻女人

　　为什么受不了了

年轻男人

（看向年轻女人，执拗地。）

    你没和玛尔特在一起

年轻女人

（喝了口酒。）

    我没有

    难道你有

（住口不语。）

年轻男人

    没有人会

    这么想

年轻女人

    不

    不是

    不

    没有

年轻男人

    玛尔特让我向你问好

（无奈地。）

别撒谎了

你为什么非得撒谎

（年轻女人低下头。停顿。）

所以你并没有和玛尔特在一起

她给你打来了电话

就在你刚走后

（停顿。）

年轻女人

好吧　　没有

我没和她在一起

（她喝了口酒。）

我们是要吵架吗

还是你就想吵架

我们不能去睡觉吗

有什么事可以明天

再说

（年轻女人看向他，伸出一只胳膊搂着他的肩膀。他们就这样坐了一会儿，他坐着目视前方，她轻抚着他的肩膀。）

我们不能去睡觉吗

你

可以吗

我明天再和你说

（他只是坐在那儿，眼睛直直看着前方，坐在那儿揉搓着纸团。）

来吧

我们起来去睡觉吧

（她紧紧搂住他。）

你

赶紧来吧

行不行

我们明天再聊

我明天会和你说的

年轻男人

但你至少告诉我

你究竟去哪儿了

不管怎么说　你没有和玛尔特在一起

年轻女人

（看着他。）

不　我有

是你在撒谎

她不可能打电话来

因为她就和我在一起

我太了解你

以及你的那些把戏了

知道你真会这么做

我太了解你了

（年轻女人叹了口气。）

年轻男人

但那辆车

谁开车送你回来的

年轻女人

（无奈地。）

好吧　好吧

（短暂停顿。）

没有谁　行吗

（短暂停顿。她收回手臂。）

我们可以四目相对在这里坐一晚上

就和平时一样

和每天晚上一样

也许我们可以看看电视

也行

就算现在是半夜

年轻男人

　　不

　　你还是去睡吧

（看向她。）

　　我说真的

年轻女人

（站起来，有点恼怒地。）

　　你从来不出门

　　你什么都不想要

　　就待在家里

　　一副在写东西的模样

（无奈地。）

　　好吧

（短暂停顿。）

　　没人上门

　　没人敢来这里

　　做客

　　还有你的父母

　　嗯

　　今天来过了

　　可他们几乎还没进门就想走了

（她叹了口气。）

年轻男人

是的　我知道

我什么都知道

（停顿。看向她。）

但是

但是我们在一起

过得很好

算是吧

是不是

我们算是吧

年轻女人

当然　当然

不是那样

年轻男人

可当时

是你

希望我们能有个孩子

年轻女人

好吧　你又要扯这事吗

仿佛不是你

整天不开心

仿佛不是你

百无聊赖

好吧　这些你说过

太多次了

你要一直说这些吗

你就不能说点

新鲜的东西吗

（她朝左边的门走去，停步，看向他。）

不说了　我要去睡觉

（短暂停顿。）

反正什么都不是你想要的

你

你甚至

连门都不想出

连去次商店

都不愿意

你只是呆坐在家里

一副在写东西的模样

可我不能整天待在家里

我受不了

这会让我疯掉的

年轻男人

　　你就不能告诉我

（把揉成一团的纸扔到地上。）

　　是谁开车送你回家的吗

年轻女人

　　不能　你省省吧

　　不要又开始唠叨

　　我累了

　　我们就不能先睡觉吗

　　已经很晚了

（看着墙上的时钟。）

　　已经这么晚了吗

（短促地笑了一下。）

　　我不知道都到这个点儿了

（看向年轻男人，友好地。）

　　来吧

　　我们去睡觉吧

　　行不行

　　他很快又要醒了

（看向婴儿车。）

　　那小宝贝

　　最多再睡两三小时

（轻轻笑了笑。）

　　然后就又活蹦乱跳了

（年轻女人走到沙发前，向年轻男人伸出手。）

　　来吧

　　我们去睡觉吧

　　你可以紧紧抱着我

　　我们走吧

　　行不行

　　我们可以肩并肩躺着

　　快来吧

（年轻男人还坐在那儿。她缩回手。停顿。
她叹了口气。）

　　看来今晚就这样了

（她也和他一起坐在沙发上，端起酒杯，喝了一口。停顿。
她看向他。）

　　你

　　我们不能先去睡觉吗

　　我们可以躺在一起

　　可以彼此安慰

年轻男人

（站起来。）

　　可我一直这样等着

你本可以早点回家的

我坐在这里等啊等

走到窗边

又走回沙发这里

躺下

站起来

等啊等

年轻女人

你没必要这么等着

（短暂停顿。）

这没有任何意义

你其实可以出去走走

你啊

哪怕一两次呢

无论如何

你不能只是待在家里

不管怎样　我受不了

一直在家待着

你从不出门

白天不出门

夜晚不出门

根本不愿意出去溜达溜达

你永远不愿意出门走走

就算与我和孩子一起出去走走也不愿意

反正你永远窝在家里

年轻男人

是　是

年轻女人

反正我不能

因为你整天待在家里

就也待在家里

（停顿。）

我不是那样的人

我待不住

我必须出去见见人

年轻男人

好吧

年轻女人

假使有人上门做客

那也还好

但这种事也是

根本不可能发生的

因为只要有人上门

你就会躲起来

躲到卧室里去

这日子没法过了

我不能出去

见朋友

他们又不能上门

因为如果有人上门

即便你没躲进卧室

也只是在这里坐着

你那么僵硬

那么古怪

气氛那么紧张

没人能受得了

（几乎是爆发地。）

就连你爸妈

也几乎刚进门就要走

（短暂停顿。）

一切都那么僵硬得让人窒息

这样下去不行

家里有人来我也受不了

年轻男人

受不了

年轻女人

你怕见人

这样没法过日子

年轻男人

（在扶手椅上坐下。）

可你在外面待得太晚了

你说过会早点回家的

年轻女人

（恼怒地。）

是啊　是啊

年轻男人

（和解地。）

但你们玩得

很开心

年轻女人

（故意为难地。）

没错啊

我们

玩得很开心

年轻男人

然后时间一下就过去了

年轻女人

可不

现在今晚剩下的时间

也要过去了

年轻男人

你什么都不想说

什么都不告诉我

从来不说

你上哪儿去了

年轻女人

没有不想说

但我累了

年轻男人

（一字字施压地说。）

　　你有没有

年轻女人

（打断了他。）

　　是的　我和很多男人跳舞来着

　　就知道

　　你要问这个

　　说了很多话

　　我

　　可开心了

　　我约了几个人

　　公司里的

　　我现在在休产假

　　也得时不时和他们聚一聚

　　我见了扬和其他几个人

　　我不能整天待在家里

　　就算你总这样

　　你就只是坐在那儿

　　你

　　是的

年轻男人

但是我们在一起时

是开心的

对吗

年轻女人

（放弃努力地。）

是　是

（短暂停顿。）

是　我们在一起可好了

不是吗

我知道

我们过得很好

年轻男人

而且我们已经在一起

很久了

我们过得也没有

那么糟

年轻女人

没有

（短暂停顿。）

可我们那时那么年轻

我们在高中相识

然后就

是的　我得多认识你以外的人

你和以前也不一样了

你的情况变得越来越糟

反正我不能在家里

一待一整天

你就爱在家里待着

是的

（短暂停顿。）

你能不能

年轻男人

（抢先说出。）

去读个学位或者干点别的什么

（询问地。）

这就是你要说的

年轻女人

是的

这样或那样

你总得给自己

找份工作吧

不这样就那样

年轻男人

收拾得体面些去找个工作

这就是你要说的吗

（短促地笑了一下。）

年轻女人

真可笑

（短暂停顿。）

但你总可以

挣点钱吧

你啊

是的　我就是这个意思

既然那家出版社不要你的稿子

你不能

只坐在家里写东西

一年又一年

你要么发表点什么

要么

找点别的什么

做

（他低下头。

有点垂头丧气地。）

　　　　一个人写的东西

　　　　没法发表

　　　　这也正常

　　　　这种情况常有

　　　　不是吗

　　　　大家都被拒绝过

　　　　是不是

（他点头，她安慰地看着他。）

　　　　别把这事太放在心上

　　　　别太在意

　　　　也许你不适合写作

　　　　也许

　　　　就事论事

年轻男人

　　　　不

年轻女人

　　　　很有可能

　　　　你该做的是别的什么完全不同的事

99

年轻男人

也许

（短暂停顿。）

但我没法振作起来

因为他

（指着婴儿车。）

整天都在哭

年轻女人

你是说

他出生之前

情况要好很多吗

年轻男人

也许不是

年轻女人

一次退稿也没什么

那

不是多大的事

年轻男人

我肯定收到过十次退稿了

年轻女人

（惊讶地看着他。）

　　不

　　没有那么多吧

　　是不是

年轻男人

　　有的

（他笑了。年轻女人往杯里倒了一点酒，站起来，走到窗前，站在那儿，仿佛陷入沉思，有点像在做梦，她向外望去，然后脱下外套，站在那儿，衣服夹在腋下。）

　　是的

　　我肯定至少收到过

　　十次了

　　只是没告诉你而已

　　我收到信然后就把它们扔了

年轻女人

（没留心他的话。）

　　是的

年轻男人

（站起来，在房间中走了几步。）

我只是没有告诉你

信都是我自己去拿的

每一次

我都扔了

(住口不语。)

年轻女人

(笔直地站在男人面前。)

我们还不去睡觉吗

年轻男人

我被一家又一家出版社

退稿

(看向她。)

你就不能用心听我说话吗

年轻女人

我在听

我累了

年轻男人

你没有听

你只是站在那儿

看着外面

你在看什么

开车送你回家的那个男人

是不是

能不能告诉我

开车送你的那个人

是谁

那是谁

年轻女人

（冷静下来。）

开车送我回家的人

年轻男人

是的

年轻女人

我打了辆出租车

（年轻男人站着，直视前方，年轻女人转身看向他。）

真的

我打的车

年轻男人

　　别撒谎了

　　我看到了

（痛苦地，他看向她。）

　　根本没有什么出租车

　　你回来时我正望着窗外

年轻女人

（在房间里走了几步。）

　　是的　　有人开车送我回来

　　不过

　　我没法告诉你

　　是巴斯特开车送我回家的

　　因为假如我这么说

　　你就会立即闹个

　　天翻地覆

　　那今晚就毁了

　　是的

　　是巴斯特开车送我回家的

　　既然你已经知道了

年轻男人

　　可是晚上和你一起玩的人

不是他

也就是说

巴斯特

他没喝酒

年轻女人

嗯　想来他是没喝

年轻男人

你为什么

在他的车里坐了那么久

年轻女人

我没在他的车里坐很久

你现在别再没完没了的

年轻男人

好吧　没有

年轻女人

我们就聊了一会儿

（孩子开始哼唧，年轻女人走过去晃动婴儿车，她静静站着，前后推拉着。孩子平静下来。

对年轻男人说。）

　　我想去睡觉

　　我累了

（她朝窗边走去，站着向外看。）

年轻男人

　　你为什么站在那里做梦

年轻女人

　　我没有做梦

年轻男人

　　好吧　　没有

年轻女人

（转身对年轻男人说。）

　　我总得见见其他人吧

　　不能只面对你

年轻男人

　　还和他一起回家

　　去你的同事家

　　在晚上

在夜里

（讽刺地。）

在你休产假的时候

年轻女人

别这样

年轻男人

我早就知道

我早就知道你一直

和他在一起

你不是和那个女性朋友

在一起

你只是那么一说罢了

我清楚得很

年轻女人

是

（目光赤裸地直视着他。）

是　我就是这么做的

你说的

我都做了

我整个晚上

都和巴斯特在一起

整个晚上

就在他家

你还想知道点什么

嗯

（年轻男人弯下一点腰。）

我们开着他的车兜风

听音乐

聊天

我们还聊天呢

也去他家了

就我们两个人

现在

你满意了吗

年轻男人

（有点惊讶地。）

你真这么做了

年轻女人

（轻轻笑了笑。）

没有

我开玩笑的

年轻男人

（如释重负地。）

　　那不是真的

年轻女人

（摇头。）

　　和我在一起的

　　是玛尔特

　　这才是真的

　　我也不信你说的

　　她打了电话来

年轻男人

　　可是

　　我的确看到

（短暂停顿。）

　　是的　　那辆车

年轻女人

　　是的

　　是的　　我说了是怎么回事

年轻男人

你不是在开玩笑吧

年轻女人

那只是玛尔特的朋友

他来接她

然后也

开车送我回家

可以了吗

我们现在可以去睡觉了吗

年轻男人

我受不了了

（住口不语。）

年轻女人

现在你受不了的又是什么

年轻男人

（直视着她。）

你完全是在撒谎

年轻女人

我没撒谎

年轻男人

不　我能看出

你在撒谎

年轻女人

是的　好吧

我累了

想睡了

（她喝了口酒。）

年轻男人

你想要的就是出门

到外面去并且开车

四处兜风

听音乐

寻开心

就像你说的

或者就是跟那个巴斯特回家

不管怎样　只要不在家和我待在一起就好

我这个从不出门的人

（他走到离她很近的地方。）

　　那就去吧

　　快走吧

　　到你那个巴斯特的家去

　　想干吗就干吗

　　你不用待在这儿

　　这里有你没你

　　都一样

　　你到你的那个巴斯特那儿去

　　或者到随便叫什么名字的人那儿去

年轻女人

（故作平静地。）

　　我当然可以出去

　　是的

（年轻女人开始在房间里走来走去。孩子哭起来，年轻男人推着婴儿车兜小圈，停下，来回拉动。年轻女人朝右边的门走去。）

年轻男人

（跟在她身后，惊讶地，痛苦地。）

　　你要走吗

　　不　别走

112

我不是那个意思

现在已经半夜了

别走

好吗

（年轻女人从右边的门下场，而年轻男人开始在房间里走来
走去，推着婴儿车，来来回回。）

灯光灭，暗场。

IV

　　暗场，灯光起。窗外已透出些许光亮。时钟显示时间为四点左右。茶几被放在稍远一些的地方，婴儿车还放在原处，靠着沙发的长边。年轻男人躺在沙发上，眼睛直盯前方，单手来回推拉着婴儿车。右边的门打开，年轻女人走进来，穿着外套，她垂眼看了看闭眼躺在那里的年轻男人，从左边的门出去，再进来时手里拎着一个包。她打开矮柜的一个抽屉，年轻男人睁开眼睛看向她

年轻男人
（痛苦地。）
　　你要干什么

年轻女人
　　你醒着

年轻男人
（从沙发上坐起，年轻女人将几件衣服扔进包里。）

你要干什么

年轻女人

（看向他。）

　　你没看到吗

（年轻男人站起来。）

年轻男人

　　不　不

　　你不要这样

（年轻女人打开另一个抽屉，拿出一些婴儿服，扔进包里。）

　　你就不能说点什么吗

　　怎么了

　　说句话啊

年轻女人

　　我要搬走了

　　你都看到了

（年轻男人走了两步，又在沙发上躺下，年轻女人拿着包，从右边的门出去，把包放在外面，然后和巴斯特一起进来，巴斯特比年轻男人大几岁。）

年轻女人

（对年轻男人说。）

你看巴斯特来了

是的　我给巴斯特打了电话

（她短促地笑了一下。）

深更半夜

我给他打了电话

可他来了

你毕竟是来了啊

巴斯特

巴斯特

（不自在地。）

是的

年轻男人

（坐起来，困惑地看向她。）

不　别开玩笑了

年轻女人

（笑。）

我没开玩笑

我给巴斯特打了电话

我再也受不了了

年轻男人

（轻轻笑了笑。）

你还有完没完

年轻女人

没完

我打了电话

然后巴斯特就说他会过来

接我

（看着年轻男人。）

你明白我现在对你说的话吗

年轻男人

（难以置信地。）

不

不明白

你还什么都没和我说呢

年轻女人

（对年轻男人说。）

我再也受不了了

你明白我对你说的话吗

我要走了

搬走

你明白了吗

你懂我在说什么吗

年轻男人

不　不

年轻女人

你懂我对你说的这些吗

我再也受不了了

年轻男人

不

别这么说

年轻女人

（对巴斯特说。）

你

去走廊里等一下

（巴斯特从右边的门下场。）

年轻男人

（看着她。）

> 但我们还是很好的朋友
>
> 不是吗
>
> 你别这样

年轻女人

> 就是他

（头转向走廊的方向示意。）

> 开车送我回来的
>
> 是的　就是巴斯特
>
> 就在今晚
>
> 你知道的可真不少

（笑了笑。）

> 是的　就在今晚
>
> 不过你早就知道了
>
> 你已经知道是他开车送我回来的了
>
> 不是吗
>
> 我已经和你说过了
>
> 但你不相信我
>
> 正如我对你说的
>
> 你不相信我

（短暂停顿。）

你不是什么都知道吗

我就是和他在一起的

不是和我那个女性朋友

你什么都不明白

我这就告诉你

巴斯特和我一直

彼此喜欢

我差不多可以这么说

即使这在你听来很傻

是的　巴斯特和我

一直喜欢着

对方

很久了

现在就是让你知道一下而已

（她笑了笑。）

年轻男人

可是

年轻女人

这是真的

你不信我吗

不信　好吧

（短暂停顿。）

　　或许你正在想这个

（短暂停顿。）

　　是的　我们当然做过爱

　　好几次

　　今晚我们就在他的车里做爱了

（年轻男人视线低垂。）

　　你听到我对你说的话了吗

　　或者　你已经什么都听不进去了

　　你能明白我说的话吗

　　还是你不相信我

　　难道你什么都不懂吗

（年轻男人点头。年轻女人走到沙发前坐下，年轻男人站起来，开始推着婴儿车来回走动。年轻女人转向他。）

　　我再也受不了了

　　你不明白吗

　　我受不了了

（年轻男人停下来，站着前后推拉婴儿车。）

　　我再也受不了了

　　我走了

　　我走了

　　离开

　　所以现在你可以安心地

去睡觉了

(年轻女人站起来,朝右边的门走去,喊道。)

赶紧进来

你不用站在走廊里等着了

过来吧

来吧

(她转向年轻男人。)

假如你不信我说的话

就过来亲眼看看吧

你会见到巴斯特

就在那儿

他就站在走廊里

就在咱们家

你没看到他吗

他就在这儿

来看看吧

赶紧来

快来吧

亲眼看看

(年轻男人依然站着。)

你不愿意

但还是过来吧

他就站在那儿呢

（对着门外喊。）

　　进来吧

　　别干站在走廊里

（巴斯特走过来站在门口，看着年轻男人，然后又转身出去。
年轻女人看向年轻男人。）

　　你看见他了

　　是不是

　　现在你已经和他见过两面了

　　他就是那个刚才一直和我在一起的人

　　正如你说的

　　我们开着他的车兜风

　　你懂了吗

（年轻男人只是站在那儿，前后推拉婴儿车，她看着他。）

　　我走了

　　我再也受不了了

　　别干站在那儿

　　倒是说点什么啊

　　我再也受不了了

　　现在我要走了

　　现在已经够了

　　我再也受不了了

　　我要搬走了

（年轻女人从右边的门出去，年轻男人走到沙发前躺下，孩子开始哭闹，但他依然躺着。年轻女人和巴斯特一起进来。
对巴斯特说。)

　　你就不能推他一会儿吗

　　推着婴儿车转转

(巴斯特走到婴儿车旁，开始前后推拉着，过了一会儿，孩
子的哭声停止了。年轻女人从左边的门出去。年轻男人从沙
发上坐起来，看着巴斯特站在那里前后推拉婴儿车，这时巴
斯特注意到年轻男人正看着他，他也看向年轻男人，然后他
俩都低下了头。年轻女人走进来，手里还拿着一个包。
对巴斯特说。)

　　我得拿一些孩子穿的衣服

(对年轻男人说。)

　　我今天不带走那么多东西

　　但我会回来拿的

　　明天

　　把剩下的东西都拿走

(年轻女人走到矮柜前，拉开一个抽屉，拿出一件婴儿服，
看看它，把它放进包里。她又从矮柜里拿出一只小黄铜碗，
站在那儿看了好久，然后放在矮柜上。)

　　我这次就拿一点儿

　　剩下的回头来拿

(巴斯特点头。

停顿。

对年轻男人说。)

　　巴斯特和我

　　我们已经认识

　　有一阵子了

　　对吗

　　巴斯特

巴斯特

　　是的

年轻男人

（在沙发上说。）

　　很久了

巴斯特

　　一年

　　也许

（指着婴儿车。）

　　但无论如何

　　你是孩子的爸爸

　　这点谁都能看出来

（年轻男人站起来，走过来。）

　　你现在要打我吗

（年轻男人摇了摇头，走到窗前，站在那儿向外望去。年轻
女人从左边的门下场。停顿。）

    这会过去的

    就是这样

年轻男人

    是的

（停顿。）

巴斯德

    是的

    这一切发生得有些突然

    对我也是如此

    可是

    这件事

    是的

（孩子开始哭闹，巴斯特前后推拉着婴儿车。）

    她说你威胁她

    但

（孩子不哭了。）

年轻女人

（走进来，她又拿了一个包。

对巴斯特说，笑了笑。）

是的　这就是我住的地方

你觉得如何

（笑了笑。）

挺好的

是不是

巴斯特

这地方

还不错

年轻女人

是的　是我找到这个公寓的

那家伙

（头转向年轻男人的方向示意。）

没做过任何事

他只是写作

你知道的

巴斯特

（对年轻男人说。）

所以你写作

年轻女人

而且总是被退稿

巴斯特

是的　写作不是那么容易的事

要发表

也很难

年轻女人

只有他觉得

这事

简单

（轻轻笑了笑。）

但他到现在也没发表过什么东西

他就是不停地写

还埋怨孩子总哭

（年轻男人从左边的门出去。年轻女人把包扔在地上，站在那里看着巴斯特，过了一会儿他们走向对方，拥抱，站着紧紧搂住对方，他们松开了彼此，走到沙发前坐下。年轻男人走进来，站在门边，看向他们。）

年轻男人

（径自往前，走进客厅。）

你什么时候回来
　　拿你的东西

年轻女人

（直起身子，看向他。）
　　好吧　你现在
　　是要杀了我们吗
　　把他和我一起杀了
　　是吗

年轻男人

（无奈地。）
　　你几点钟来
　　拿你的东西

年轻女人

　　你可真忙啊
　　这真糟糕
（她轻轻笑了笑。
对巴斯特说。）
　　你能过来取东西吗
　　租一辆车
　　就在明天

明天你能办好这些事吗

巴斯特
　　是的
　　应该没问题
（对年轻男人说。）
　　你几点钟比较方便
（年轻男人耸了耸肩。）
　　还是对你来说都一样

年轻女人
　　那很好
　　如果这些能很快办好
　　我在想婴儿床该怎么办
（看着巴斯特。）
　　我们也需要它
　　也许明天
　　你可以一起都搬走

巴斯特
（对年轻男人说。）
　　方便吗

年轻男人

（耸耸肩。）

　　好

巴斯德

　　确定

年轻男人

　　是的

（年轻男人从左边的门下场。长长的停顿。）

巴斯特

（对年轻女人说。）

　　这么做或许并不是

　　最妥当的方式

　　像现在这样

　　是不是

（突兀地。）

　　这大半夜的

　　也不知道现在几点了

年轻女人

　　但我一刻也受不了了

131

我再也受不了了

巴斯特

是

（*短暂停顿。*）

可是他

年轻女人

别担心

他应该没事的

或者有事

可我再也受不了了

他怎样我都无所谓

巴斯特

他现在对这事的反应很平静

年轻女人

是

巴斯特

他没把这事放心上

年轻女人

> 我不知道
>
> 完全不清楚
>
> 也可能他以某种方式
>
> 在意这件事
>
> 我不知道

巴斯特

> 我们是不是应该
>
> 早点从这里离开

（短促地笑了一下。）

> 我从没想过
>
> 居然敢上这里来
>
> 我一定是真的恋爱了
>
> 无论如何　我是疯了

年轻女人

> 我也是

（他亲吻她的脸颊。）

> 我不能待在没有你的地方
>
> 我时时刻刻都在想你
>
> 你在哪儿我就必须在哪儿
>
> 一切必须如此

（短暂停顿。）

　　必须如此

（短暂停顿。）

　　还有他的父母

（她摇摇头。）

　　他们太可怕了

　　他就和他们一模一样

　　和他们一样

　　一样笨拙

　　一样无用

　　他爸就干坐在那儿

（看向扶手椅。）

　　困惑地盯着前方

巴斯特

　　我们还不走吗

年轻女人

　　要走

（看向巴斯特，微笑。）

　　我太爱你了

巴斯特

现在你和我会在一起

是吗

年轻女人

是的

巴斯特

以后你永远不要离开我

永远不要离开我

是的　我说真的

你绝对不能从我身边离开

就像你现在从他身边离开那样

年轻女人

永远不会

我保证

我永远不会离开你

我会永远和你在一起

永远

（短暂停顿。）

我们现在还不走吗

巴斯特

　　因为假如你离开我

　　我真不知道

　　自己会做出什么事来

年轻女人

　　我不会离开你的

　　永不

　　你是知道的

　　我永远不会离开你

（短暂停顿。）

　　而且你也永远不要

　　离开我

巴斯特

　　我们还不走吗

　　我们不能再待在这儿了

　　我们得走了

（巴斯特站起来。她点头，但仍然坐在那儿。他走过去向她伸出胳膊，但她仍然坐着，没去拉他的手。）

　　现在你不能再改主意了

　　你怎么了

年轻女人

　　我还得再收拾点东西

（她站起来，拿起地上的包，走到矮柜前拉出一个抽屉。她拿出一本相册，打开它。）

巴斯特

（短促地笑了一下。）

　　别

　　现在不是

　　看照片的时候

（她把相册合起来，放进包里。）

　　所有这些东西

　　是的

　　我们可以晚点再过来拿

　　你能不能只拿

　　那些绝对必要的

　　其他东西

　　明天

　　或者改天

　　我们再过来

　　把其他所有的东西都拿走

（她点头。她走过去，拿起放在矮柜上的黄铜碗，站在那里，掂了掂，看着它。）

我们到底能不能走

夜很深了

（她点头，把黄铜碗放进包里。）

我们可以迟一点再来拿东西

年轻女人

（点头。）

好的

巴斯特

你现在

只拿最必要的东西

好吗

（她又点头。）

然后我们就可以走了

现在很晚了

还有

是的

（短暂停顿。）

是的　我也有点担心他

是的

你知道的

（她点头，走到矮柜前，又拉开一个抽屉，拿出一块桌布，看了看，又放回去。她看看墙上挂着的男婴照片，把它取下来，站着看它，然后也放进包里，站在那儿环顾四周。）

年轻女人

　　这感觉

　　好怪

　　就好像有什么东西拉着我似的

（她笑了笑。）

巴斯特

　　难道我们就

　　不能走出这个门吗

　　我们

（短暂停顿。）

　　是的

　　我们没必要把这里的所有东西

　　都带走

　　我们也做不到

年轻女人

（点头。）

　　是的

　　可是

不管怎么说
以这种方式离开的感觉真的很奇怪

巴斯特

行了　走吧
别说废话了

年轻女人

毕竟我们
（向身后点头示意。）
一起生活了这么久
又一起生了孩子
不是吗
是的
是的
你明白的
我们置办了这么些
东西
多倒是不多
但也有几件
假如我们有许多家当
那肯定会比只有这几样
容易割舍得多

几张照片

几个碗

几块桌布

简简单单

却是我们的全部

所以啊

巴斯特

赶紧走吧

年轻女人

现在

是的　这真让人难过

一切都是那么不如人意

我差点要哭了

因为

不

别当真

我只是在胡言乱语

那个黄铜碗

（指指包。）

是我见过的最让人伤心的东西

（她朝他点头。）

是真的

（停顿。）

一切都是这样

是的　我不知道

巴斯特

现在别废话了

电话也是你打的

年轻女人

是的　我知道

但是

你和我

（看向他。）

属于彼此

是的　这毫无疑问

但他和我

（短暂停顿。）

他确实一直对我很好

（看向巴斯特。）

是的　他真的是如此

而且他对孩子也特别好

对他很温柔

孩子出生时他也在场

尽他所能地帮我

是的

所以

（她抬起手，捂住脸。）

巴斯特

那么你希望我走吗

年轻女人

（将手从脸上移开，看着他。）

不　不

不要走

我受不了

我那么想你

你不在我身边时

我真的无法忍受

你一定不要走

（巴斯特走到沙发前坐下。年轻女人走过去，在扶手椅上坐下。）

只是事情就是如此

是的　它如此沉重又悲伤

一切都那么糟

这一切发生得太突然了

有些事总是就这么发生了

你知道吗

（她看向巴斯特。）

你知道吗

总有这样或那样的事发生

我不喜欢有事发生

最好一切都平平静静

只有那些已经习惯了的东西

只有知道是怎么回事的事

发生

可发生的总是那些突然的事

总是如此

（她喝了口酒。）

我不知道

那个总是让事情发生的东西

是什么

但是肯定有这么个东西

因为总有什么发生

我不想有事发生

但还是发生了

（看向巴斯特。）

是什么让一切发生

是我吗

还是其他什么

巴斯特

我不知道

但我们还不能走吗

我们可以迟点再聊这些

年轻女人

（几乎要哭出来。）

好的

（停顿。）

你知道我在想什么吗

（他摇摇头。）

我真是蠢透了

我在想那些锅

厨房里的那些

（无奈地。）

我在想我现在要离开厨房里的那些锅了

我居然在想这个

我完全疯了

巴斯特

（有点无奈地。）

> 你到底
>
> 是想走
>
> 还是不想走
>
> 你必须

（住口不语，看向她。）

> 是的　你一定要
>
> 注定要和我
>
> 在一起
>
> 我们注定如此
>
> 对不对

（年轻女人点头。）

> 是这样的
>
> 那么来吧
>
> 我们就这么走吧

年轻女人

（站起来，擦干眼泪，她轻轻笑了笑。）

> 这真让人伤心
>
> 一切都那么让人伤心

巴斯特

　　赶紧走吧

年轻女人

　　我的酒大概是要醒了

巴斯特

　　别说这些废话了

　　我们不是已经聊过了吗

　　我们经常聊这事

　　现在就要结束了

　　现在只要一走就结束了

　　快来

　　走吧

（她点头。）

　　是的　　走吧

（她在客厅里转了一圈，看着矮柜，她朝婴儿车走去，低头
看着孩子。）

年轻女人

（低声地，对巴斯特说。）

　　他睡得那么香

　　你看到了吗

他睡得多么香

快过来看看

（巴斯特站起来，走到她身边，低头看着孩子。）

巴斯特

是的　他睡着呢

又香又甜

年轻女人

他今晚肯定很不安

巴斯特

（询问地。）

是他说的

（她点头。）

年轻女人

（对孩子说。）

现在我们要搬走了

住到另一个地方去

而你

（看向巴斯特。）

在某种程度上也要成为爸爸了

（他点头。停顿。对巴斯特说，突兀地。）

　　不　我受不了现在就走

　　我受不了了

　　他

（短暂停顿。）

　　　毕竟一直都对我很好

　　　他也不知道自己能做什么

　　　而且他那么无助

　　　不敢出门

　　　可能一整天都不出一次门

　　　甚至连商店

　　　都不敢去

　　　他不敢去

　　　而他写的那些东西

　　　完全没有希望

　　　他写的所有东西

　　　我很确定都是毫无希望的

　　　他似乎认为他唯一能做的

　　　就是坐在家里写作

　　　当然　没人愿意出版

　　　他写的东西

　　　他没那个能力

　　　他根本就没什么能力

在学校时就很差

高中有好几科都不及格

我们是高中同学

是的　你知道的

我毕竟把一切

都告诉你了

我们是在高中认识的

我们从那时起

就是恋人

（她看向巴斯特。）

无论如何

到今天为止

是的

（停顿。）

他这个人不错

但他几乎什么都不懂

（她短促地笑了一下。）

是我

来解决所有的事

（短暂停顿。）

他孤独无依

（她摇摇头，看向巴斯特。）

我不能走

这很疯狂

但我不能走

这样不行

巴斯特

可这样说来其实你不必

（住口不语。）

那我们呢

年轻女人

我不知道

我喜欢你

我爱上了你

没有你

是的　感觉上是这样

我就活不下去

但是我不知道

我走不了

真的

至少

不是现在

我不知道

巴斯特

那么

我们什么时候再见

年轻女人

我不知道

我们反正要再见面的

（巴斯特朝右边的门走去，停下。）

不　不要走

巴斯特

好吧　现在你必须要做决定了

年轻女人

我要留下来

（巴斯特停住脚步，站在那儿，视线低垂。）

我不知道

我全心全意想着你

但我也发现

其实

我走不了

不能就这么走了

无论如何

我不知道

巴斯特

那最好的办法可能是

我们不要再经常见面了

一切都变得那么痛苦

年轻女人

（快步朝他走来。）

不　别这么说

你不要这么说

我们必须见面

我那么喜欢你

巴斯特

是的　那来吧

做决定吧

不能再这样了

这事太疯狂了

快来吧

（她站在那儿，视线低垂。）

你不来

（她摇摇头。）

行

我走了

那我走了

（他看向她。祈求地。）

你不能过来吗

（祈求地。）

来吧

（她站起来，视线低垂。长长的停顿。）

那我就走了

（她点头。）

你不能过来吗

（她摇摇头。）

那我就走了

年轻女人

好

巴斯特

如果他

（头转向左边的门示意。）

接受所有这一切

那　好吧

年轻女人

　　我不知道

巴斯特

　　我走了

（他看向她，仿佛在等她说点什么。）

　　你不爱我

　　至少是

　　不够爱

　　知道这点挺好的

　　这

　　不管怎么说

年轻女人

　　不是这样的

　　其实

　　你心里明白的

巴斯特

　　无论如何　我至少知道了

　　这个

（枪支发出的一声巨响传来，年轻女人惊恐地看向巴斯特，
巴斯特受到惊吓。

恐惧地。）

    他对自己开枪了

    我觉得他开枪自杀了

    那是一声枪响

    我听到一声枪响

    我觉得他开枪自杀了

（他朝年轻女人走去，她站在那里，似乎没明白他的话。）

    你得过去看看

    看他有没有开枪自杀

    这是一声枪响

    你

    不管怎么样　你喊他一声

    你得做点什么

（年轻女人慢慢走过去，从左边的门出去。

巴斯特站着，僵硬地。她又进来了，点头。）

    他对自己开了一枪

（她又点头，他高声喊道。）

    他对自己开了一枪

年轻女人

（极低声地。）

    他的脑袋

    只剩下一点点了

（她开始哭泣。）

巴斯特

　　　我们得

（孩子开始哭。）

　　　他开枪自杀了

　　　我

　　　是的

　　　我们要

　　　我不太确定

　　　我可以出去打电话

　　　给警察

　　　给医生

　　　我去打电话

（他从右边的门下场。）

年轻女人

（在他身后喊。）

　　　别走

（长长的停顿。）

　　　灯光灭。孩子的哭声渐息。暗场。

冬

邹雯燕　译

人物表

女人
男人

I

暗场。灯光起。一张公园长椅。一个男人从右边走进来，穿着一件黑色外套，他在长椅上坐下，坐在最左边。随后，一个女人走进来，她穿得很少，没穿外套，也坐在了长椅上，但坐在另一边。男人几乎在她坐下的同时站起来，向左边走去。

女人

（在男人身后。）

　　喂

　　喂

　　喂

（男人继续走。）

　　喂

　　喂　你

　　喂

（男人停下脚步，转头看向女人。）

　　是的　就是你

你他妈的在想什么呢

就这么走了

是的

是的　我和你说话呢

你不明白吗

我和你说话呢

我在

难道我不是在和你说话吗

我他妈的当然是在和你说话啊

可是你

你是怎么做的

是　就是你

（她站起来，几乎要摔倒。）

是的　你

你他妈的就这么走了

好像我不是在和你说话

我就是在和你说话啊

你听到了的

这里还有别人吗

（环顾周围。）

或许还有别人

或许你是这么想的

是的　还有别人

是的　我

（住口不语。）

　　　你明白吗

　　　或者你不明白

　　　你什么都不明白

　　　或是

　　　什么都不

（很大声地。）

　　　我在和你说话

　　　而你就这样走了

　　　真他妈的

　　　你

　　　是的

（低声地。）

　　　是的　你

　　　你

　　　你在这里做什么

（真诚地。）

　　　你为什么在这里

　　　有什么原因吗

（自顾自笑笑。）

　　　是的　当然

　　　是的　是这样

165

（住口不语。）

> 是的
>
> 是的　当然
>
> 你肯定有理由的
>
> 我明白
>
> 是的
>
> 是的　当然
>
> 我明白的
>
> 我明白你有理由的
>
> 我明白一切
>
> 我明白
>
> 我明白一切
>
> 一切我都明白
>
> 我明白
>
> 我明白
>
> 一切我都明白

（突然很大声地。）

> 喂
>
> 是的　喂

（他转过身，还是要走。）

> 是的　喂
>
> 喂
>
> 喂

喂

喂

我在和你说话

你没听见吗

是的

（一字一顿地。）

我在对你说话

（几近哀求地。）

你听见了吗

（愤怒地。）

我在和你说话

听着

他妈的

你为什么不听

我在说话

（短暂停顿。）

和你

和你

男人

（看向她。）

好吧

女人

> 我在对你说话
>
> 而你说了什么
>
> 你只说了句　好吧
>
> 好吧
>
> 好吧
>
> 好吧
>
> 该死的好吧

（男人转身，似乎要走。）

> 不　别走
>
> 和我说说话
>
> 不要就这样走
>
> 你不能就这么走了

（看着他，朝他走了几步。）

> 你看不到吗
>
> 你什么都看不到吗
>
> 你不明白吗
>
> 你肯定是知道什么的吧
>
> 哎
>
> 是吧
>
> 或许你什么都不明白

（愤怒地。）

> 什么都

什么都不明白

什么都

男人

不　不

女人

不

我明白

我明白你什么都不明白

你就是这样的

你和所有别的人都一样

你什么都不明白

什么都

(停顿。

她看向他。

有点孩子气地。)

真的

你就是什么都不明白

什么都不

(停顿。)

就是这样

(短暂停顿。)

是的　你不明白
什么都不明白

男人

是的
或许
我不明白

女人

就是这样

男人

是的　或许就是这样

女人

哼

（停顿。）

男人

我不明白什么

女人

你什么都不明白

喂

是的

你看不到吗

喂

你看不到吗

（她张开双臂，几乎要摔倒。）

你看不到吗

我在这里

你的女人

你的女人

女人就在这里

你看不到吗

男人

要我帮助你吗

（女人点头。）

要我做什么

女人

要你和我说说话

（她指着长椅，走近他。）

你不和我说说话吗

我在这里

我可以和你说话
你愿意和我说说话的
不是吗

男人

这我可以

女人

说点什么
那就
说点什么吧

男人

说点什么

女人

是的
（停顿。

她看向他。）

你不能说点什么吗
（短暂停顿。）

要不然或许
或许

（突然地。）

　　我们去个地方吧

男人

　　你和我

（她点头。

停顿。）

　　你是什么意思

女人

　　去个地方

　　你和我

　　这就是我说的

　　我们不能去个地方吗

（她走到他旁边，靠向他，他直直地站着，什么都没做，她的身体靠向他，然后又离开，看着他。）

　　我是

　　你的女人

　　你知道吗

　　是吧

（她向他伸出手，他轻轻碰了碰她的指尖，他们看着对方。）

　　是吧

　　我是你的女人吧

（他们放开了对方的手。

停顿。）

　　　或者

（短暂停顿。）

　　　我不是你的女人

　　　我也不认识你

　　　是的

　　　是的　我是认识你的

　　　我一直都认识你

　　　我知道的

　　　我看到了

　　　我明白的

　　　我看到了

　　　这究竟是怎么回事

　　　我看得很清楚

　　　哦　你也是知道的

　　　你知道我是你的女人

　　　是吧

　　　你知道的

　　　是吧

　　　我是你的女人

　　　我

　　　是吧

男人

（有些难以理解地。）

你是我的女人

女人

是

你很明白的

难道不是吗

男人

不

（短暂停顿。）

可是

（长长的停顿。）

不　你

你

是的

是的　我得走了

（他看了看手表。）

我没时间了

得走

是的

女人

你要去做什么

男人

我差不多
要去工作了

女人

工作

男人

是

女人

什么工作

男人

只是约了个会

女人

约了个会

男人

是

女人

你要去见一个人

男人

是

（短暂停顿。）

我得抓紧时间了

我没多少时间

女人

明白的

男人

是的

（他准备要走。）

女人

所以你约了一个会议

或是什么

男人

是

女人

你要去见一个人

男人

是

女人

在这里

离这里不远的地方

男人

是

女人

在一间办公室里

男人

是

女人

我不喜欢办公室

男人

我也不喜欢

但是

好吧

女人

但你要到一间办公室去

男人

是

女人

你必须得去

男人

是

女人

那

有点可怜

男人

（犹豫了一下。）

　　　不

（停顿。）

　　　你

　　　是的

　　　是的　我得走了

女人

　　　约了个会

（短暂停顿。

她突然看向他。）

　　　那么　走吧

　　　走吧

　　　你为什么还站在这里

　　　你得走了

　　　走吧

　　　你没听见我对你说的话吗

　　　你得走了

男人

　　　是

女人

　　是的　那就做啊

　　就这样

　　走

　　你走啊

　　不要站在这里

（短暂停顿。）

　　你什么都不明白

　　你

　　你

　　我的朋友

　　什么都不明白

　　喂　我的朋友

　　彻彻底底　什么都

（短暂停顿。）

　　那就走啊

　　走啊

　　他妈的走啊

　　滚开

男人

　　是的　我是要走

　　我是这么说的

（她靠近他，看向他，他转身走了。她站在原地看着他，然后转过身，身体摇晃了一下，摔倒在地，她一个膝盖落地，两只手撑着身体，他停住脚步，转过身，站在原地看她试着站起来。）

女人

（自言自语地。）

> 见鬼
>
> 去他妈的
>
> 啊
>
> 见鬼

（她试着站起来，但很困难。）

> 他妈的
>
> 啊
>
> 真他妈的
>
> 他妈的
>
> 真他妈的

（他走向她，她看着他。）

> 你他妈的要干吗
>
> 嘿
>
> 去死
>
> 你这混蛋
>
> 我只是摔倒了

我很好

（她再次试着站起来，但没成功。）

真他妈的

（对他说。）

你可以去见鬼了

滚开

去死

我不想看到你

去死啊

滚开

你这个混蛋

混蛋

我不想看到你

（他抓住她。）

放开我

你他妈的要做什么

你他妈的放开我

操

你以为你在做什么

（他把她拉起来，她有些站不稳，而后她看向他。）

原来是你

是你

我的朋友

可你刚刚走了呀

不是吗

可是

（停顿。）

可是你又回来了

你回到你的女人身边了

是不是

嗯

你又突然回到这里了

是吧

回到你的女人身边

男人

但我现在必须要走

如果我还想赶上开会的话

女人

（打断他。）

那我能不能

男人

你什么意思

女人

不　没什么

男人

你什么意思

女人

没什么

是的

我能不能

男人

我必须

是的　你明白的

女人

你住在哪儿

男人

住在一家酒店

女人

那你

那

我可以去那里等你

是的　我必须去

因为你是我的朋友

我

是你的女人

你明白的

是吧

你的女人

已经认识了的

（住口不语。）

男人

在酒店里

女人

我可以吗

男人

不　可是

（短暂停顿。）

可是　你

好吧

好吧

好吧

是的　我必须得走了

（他看了看手表。）

我必须去开

那个会了

女人

你不能离开我

现在不行

嗯

不能就这样走了

离开你的女人

男人

不　不

可是

（住口不语。）

女人

我可以在酒店等

在你的房间里

在你的

是的

（住口不语。）

然后

是的　我可以洗个澡

换衣服

所有的事情

等你

做你的女人

我是你的女人

我是

你知道的

这

嗯

知道的

是的

是的

不是吗

男人

你不是我的女人

嗯

（他伸出手，展示婚戒。）

看

女人

　　但你应该和我在一起

　　你知道的

男人

　　好吧　　好吧

女人

　　我是你的女人

男人

　　但我现在必须得走了

女人

　　是的　　我们走

　　然后

（她拉住他的胳膊，靠近他，然后他们一起慢慢地走，几乎
是一步一顿地走向左边。她站住，放开他的胳膊，稍微与他
拉开一点距离。）

　　你

　　你　　我的朋友

　　现在我们

　　这样

真美好

我

非常　非常美好

是吧

非常美好

然后

男人

然后来吧

女人

好

好的

男人

是的

（她朝他伸出手，他抓住她的手，她走向他，挽住他的胳膊，
她站定。）

女人

好像我们要结婚似的

不是吗

男人

不

现在

不要开玩笑

女人

是的

是这样的

就像是这样

男人

不　现在不要开玩笑

（他们慢慢走向左边。）

灯光灭。暗场。

II

暗场。灯光起。一张双人床。女人躺在床上，她坐起来，坐在床边，站起来，有点摇晃地走了一圈。

女人

　　他妈的

　　天啊

　　他妈的

　　贱货

　　婊子

　　他妈的

　　啊

（她的手指穿过头发，抓了一下头发。）

　　太糟了

（她稍微整理了一下自己的衣服。）

　　他真是

　　他妈的

　　口交

他妈的口交

口交

操　口交

鸡巴

鸡巴

他妈的口交

然后睡觉

睡觉

口交然后睡觉

（她又在床边坐下。）

那个

贱婊子

啊　真累

太累了

（短暂停顿。）

我现在必须得

把自己弄干净

然后睡觉

好好睡一觉

在我的床上

不需要更多了

安静地睡觉

安静地

不需要更多了

只是安静地睡

（她在床上躺下。）

安静地睡着

非常安静

在一张床上

在一个小房间里

在一张床上

安静地睡着

现在

好好地睡

在我的床上

安静地睡着

现在

（她闭上眼睛，然后男人从左边上场，他看到她躺在床上，
停下脚步，轻轻地走过来。他拎着两个袋子，站在那里看着
她，她睁开了眼睛。）

但是　所以

哦　滚开

男人

没事

是我

嗯

女人

（点头。）

嗯　嗯

（停顿。）

男人

你认出我了

是吧

还是说

女人

（犹豫了一下。）

当然

（她从床上坐起来。）

当然

是的

是　是

是的

只是

男人

只是

是的　你记得的

还是说

是的

我只是想着

女人

是的

（她冲他微笑。）

只是

是的

那么

男人

你现在好了

是吧

女人

是的

是　是的

男人

好

只是我

和

女人

是的

我看到了

是你

是的

只是

男人

你不记得了

没认出我

女人

是的

是的

我

（住口不语。）

男人

　　是的　我们是怎么相识的

　　那些

　　你还记得吗

女人

　　是的　我们

（住口不语。

停顿。）

　　你和我

（住口不语。

停顿。）

男人

　　你什么都不记得了吗

女人

　　当然

　　当然

　　是的

　　是这样

　　当然

　　我当然记得

你和我

在那里

那里

在街上

你

（短暂停顿。）

我很抱歉

那样缠着你

那样

然后

（住口不语。）

男人

没关系

（停顿。）

那也挺好的

（短促地笑了一下。）

女人

很好

那　你不是

（住口不语。

停顿。）

男人

　　但是　听我说

女人

（看向他。）

　　是的

男人

　　好吧　我

（他拎起一个手提袋。）

　　好吧　我

　　你看

　　是的

　　你的衣服湿了

　　还弄脏了

　　在你摔倒之后

　　所以我

　　是的

女人

　　你给我买了新衣服

男人

　　是

（低头，尴尬地。）

女人

　　可是

　　你没必要这么做

男人

　　是的

女人

　　你没必要这么做

（住口不语。

停顿。）

　　你真的太好了

（她站起来，在地上走了几步，但走得不稳，再次坐到了

床边。）

男人

　　是的　我买了

　　一些衣服

　　给你的

还有一些喝的

还有吃的

是的

还有

女人

但是　过来这里

（住口不语。）

男人

好吧　我想

（住口不语。）

女人

你真好

（短暂停顿。）

但是　可能

好吧　可能我应该

我

好吧

男人

（把一个袋子递给她。）

拿着

给你

是的

（她接过袋子，拿出一件毛衣，放在膝盖上。）

女人

非常感谢你

你没必要这么做

没有

（她拿出一条裤子。）

没有必要

男人

是

女人

你真好

（她把裤子放在床上，拿出一件黑色外套。）

但你没有必要

这

是的　太多了

你没有必要

（住口不语。）

男人

我必须

（停顿。）

你一直在睡觉

女人

（点头。）

有一会儿了

（停顿。）

男人

那

现在

感觉好一点了吗

女人

是

这样

（住口不语。）

是这样

（短暂停顿。）

但是你

男人

是的

女人

不

没什么

（停顿。）

但是你

（想到了什么。）

是的

刚才

电话响了

就在刚才

是的

有个女人

她找你

说

是的

是的　她的名字是玛尔特

还是什么的

男人

（有些惊讶地。）

她打电话来了

女人

是

男人

然后你

（住口不语。）

女人

是的

是　她找你

（短暂停顿。）

不过

好吧

好吧　感谢你

（她看了看外套，然后看着他。）

你没必要这么做的

没有必要

男人

你不能

（住口不语。）

女人

（继续说。）

　　这样在外面转悠

男人

　　不

　　你必须

（住口不语。

长长的停顿。

他站在那里，一动不动，她一直看着衣服。）

　　可是

　　好吧

女人

（看向他。）

　　或许我应该

（住口不语。）

　　但是　听着

　　或许　我

　　我真的不能

男人

　　你想

喝点东西吗

（他拎起另一个袋子。）

我买了点

女人

可是

好吧　我真的应该

（住口不语。）

男人

你现在感觉好多了

女人

（微笑。）

是的

男人

我很高兴

（停顿。）

女人

你真好

这样

是的

（她拿起毛衣，看着它。）

但你真的不必

是的　你之前要走的

约了人

一个会议

或别的什么

一间办公室

或别的什么

是吧

（他点头。）

还顺利吗

男人

（笑了笑。）

我迟到了

（笑了笑。）

太晚了

然后

（住口不语。）

是的

女人

（继续说。）

这是我的错

是的

当然

是的

男人

不用担心

只是

（住口不语。）

女人

不

（停顿。）

男人

你现在不冷了

女人

不冷了

男人

感觉好多了

女人

是的

你不用在意的

男人

那个会

不

（停顿。）

本来也没什么意义

女人

不

男人

一切都没有意义

女人

是的

（停顿。）

男人

　　那时这更重要

（住口不语。）

　　是的

（停顿。）

女人

　　可是你

男人

　　是的

女人

　　是的　你真好

　　我是说

　　这些衣服

男人

　　没什么

（住口不语。

低头，尴尬地。）

女人

我

（她看向他。）

是的　到这里来

男人

到这里来

女人

是

（短暂停顿。）

是

这里

坐下来

到这里来挨着我

男人

（仍然站着。）

是的

女人

是的

这样做吧

男人

可是我

女人

不

现在过来吧

男人

我必须要

安排另一场会议

或别的什么

女人

你迟到了

男人

是的

或者说

我

好吧　我没有出现

（短促地笑了一下。）

是的

或者

好吧　我迟到了

然后

好吧

女人

（朝他伸出一只胳膊。）

到这里来

到你的女人这里

你

你个狗娘养的

（她微笑着看着他，他仍站在原地。）

可以的

到这里来吧

可以的

（她想站起来，但还是不太稳，所以又坐到床边，他走过去坐在她身旁。

她看向他。）

但你知道的

那个婊子

前台那个

在我们来的时候

男人

是

那个人

女人

那个婊子

男人

我之前订的是单人房

女人

（打断他，把手放在他大腿上。）

是的　是的

但是你知道的

是的

男人

没关系

其实

后来都解决了

女人

是的　你必须

是的　我们换了另一个房间

一间双人房

男人

是的

我告诉他们时

我必须得那样

说

是的

说我和你认识

说你是我妹妹

我说

（笑了笑。）

我就是那么说的

说你是我妹妹

然后

是的　然后我们得到了这个房间

女人

我们得到了这个房间

是的

男人

是的

我这么说的

女人

说你必须照顾我

是的

男人

是这么说的吧

（停顿。）

女人

这是实话

男人

结果是这样的

结果

（停顿。）

女人

那场约好的

会议

是你来这里

到这个城市来的

原因

我是说

就是因为这个

是吗

男人

是的

是

（笑了笑。）

我必须得

是的　我得去安排一场新的会议

或别的什么

女人

但那个婊子

那个

前台的

操

（她抽回手。）

男人

那个

女人

是的

前台那个

男人

是

女人

真是个

真他妈是个

该死的婊子

是的

男人

是

女人

真是个该死的贱货

你看到她的样子了吗

是的

是的

该死的蠢货

婊子

真是个婊子

装得一本正经

那样

是的

男人

我不知道

我

女人

你难道没看到

我看到了

我看到她那样

所有人都看到了

男人

（犹豫了一下。）

不

女人

　　所有人都看到了

（短暂停顿。）

　　一个廉价的臭婊子

　　还有

　　是的　她是那种

　　是的

　　装作一本正经

　　然后

　　哦　操

　　就好像我不是一样

男人

（打断她。）

　　是我

（住口不语。）

女人

　　是的　是你定的房间

　　我知道

　　单人房

　　我知道的

　　你和我说了

你是这么说的

（短暂停顿。）

但她不能

（住口不语。

停顿。）

男人

后来解决了

不是吗

（停顿。

她继续坐着，沉浸在自己的思绪中。）

哦　是的

我买了一些

是的

一些喝的

（他微微拎起那个袋子。）

还有吃的

女人

是的

男人

你想喝点吗

（她把毛衣和外套放在床上，站在地上。）

女人

　　看看这个

（她开始脱自己的裤子。）

男人

　　你要换衣服

女人

　　我认识你

　　所以没关系

　　是的

　　我是你的女人

　　不是吗

男人

　　你是这么说的

　　不过

女人

　　你的女人

　　我就是

（她脱下裤子，扔在地板上。）

而且我是漂亮的　不是吗

比那个

漂亮

（她摆了个姿势。）

是的

你肯定同意的

我看得出来

看看你

你也觉得我是漂亮的

我是你的女人

所以我是

你知道的

是的

男人

是

（他从床上拿起裤子，递给她。）

给你

女人

等一会儿

不要着急

等一会儿

（她好像要脱下内裤，然后又停住。）

　　或许

（她看了他一眼。）

　　或许你觉得

　　我是丑的

　　不漂亮

　　是丑的

　　你觉得

　　你的女人丑吗

男人

　　听着

　　或许

女人

　　你什么意思

男人

　　不

　　没什么

女人

　　总是没什么

男人

　　不

女人

　　好吧　　你买了

（她从头上脱下毛衣，扔在地上。她看着他。）

　　你

　　你个混蛋

　　给我买了衣服

　　还有别的

男人

　　是的

女人

　　你个混蛋

（她走到床边，坐在他身边，他递给她裤子，她接过裤子，
放在腿上。）

男人

   她打电话来了

女人

   是
   有人打电话来了

男人

   她听起来怎么样
   我是说她的声音

女人

   我不知道
   她只是说
   找你
   我想

男人

   是的
（停顿。）
   她什么都没说

女人

没有

（停顿。）

男人

什么都没有

女人

我想她打来电话

是的

对了

她

我想她应该是打了两次

是的　她打了两次

是的

（她又站起来，站在那里。）

女人

（摆了个姿势。）

可是看看我啊

我看起来难道不漂亮吗

还是

说

男人

　　是的

女人

　　很漂亮

　　是的

男人

　　是

女人

　　漂亮　　漂亮

　　你的女人很漂亮

　　是的

男人

　　是的

　　的确如此

女人

　　是

　　很漂亮

　　是的

男人

很漂亮

女人

你这么觉得

（他点头。）

真的漂亮

是的

没有人比我更漂亮

男人

当然

女人

所以我是

很漂亮的

男人

你很漂亮

女人

可是　听着

现在

你已经结婚了或是什么的对吧

（他点头。）

也有孩子了

（他又点头。）

很多孩子

男人

两个

女人

还有你的妻子

（短暂停顿。）

你结婚了

当然

男人

那你呢

女人

重度已婚

男人

是的

女人

　　永远已婚

男人

　　真的

女人

　　真的

男人

　　你不需要

（住口不语。）

女人

　　你认识

　　那个打电话的人吗

男人

　　一定是我的妻子

（停顿。）

女人

　　我记得

名字开头是 M

男人

玛尔特

女人

是的　差不多

是吧

（她把裤子扔到地上，朝他走过去，坐在他大腿上，胳膊环绕他的肩膀，亲吻他的脸颊，他坐着稍微往后靠了靠，不知所措，手也不知该放在哪儿，他一只胳膊环住她的腰，然后，她把头靠在他的肩膀上，他们这样坐了一会儿，然后他躺下去，她跨坐在他身上。）

你

是的　你

是的

男人

是的

女人

是的　你

这是

就好像我已经认识你

很长时间了

我是认真的

不开玩笑

这就好像

好像

我已经认识你

一辈子了

很奇怪

是不是

（短暂停顿。）

你是不是也一样

（他点头。）

我一直觉得

是那样

（她朝他微笑。）

然后我是你的女人

我是

是的

你明白了

我是你的女人

是的

（他点头。）

你明白了

（停顿。）

这几乎有点尴尬

是不是

（她站在地板上，拿起那条新裤子。）

但你能怎么做呢

是啊　那场会议

或是别的什么

男人

我不知道

（短暂停顿。）

我得想个借口

或是什么

安排另外一场会

或许

（女人穿上裤子，裤子有点大，然后她走到床边拿那件毛衣，穿上，它太小了。她又站起来，看着他。）

女人

不错

是吧

男人

　　不是太合身

　　不过

　　也行

　　我觉得

　　够好了

（短暂停顿。）

　　我之前也不知道

女人

（摆了个姿势。）

　　现在

　　我看上去不错

　　是吧

（她朝他微笑，挺起胸脯，电话响了，他让它一直响。）

　　你最好接一下

（电话继续响。）

　　你最好接一下

　　你不明白吗

　　你得接

男人

（犹豫了一下。）

不

女人

那我接

男人

不

不要

女人

那它要响下去了

（电话不响了）

你不想接

为什么不接

你要接电话

不是吗

男人

是的

女人

你不能

让它这样一直响着

男人

　　不能

　　可是

（停顿。

他从袋子里拿出一瓶可乐和一包饼干。）

　　你想吃点吗

（他把饼干放在床上，打开可乐，递给她，她拿过可乐，喝了一口。他打开饼干的袋子，递给她。）

女人

（她摇头。）

　　我不想吃

男人

（把饼干袋放回床上。）

　　你不饿

女人

　　不饿

（短暂停顿。）

　　可是　听着

男人

　　什么

女人

　　好吧　我觉得我要走了

　　现在

　　真的

（她把可乐递给她，他接过来。）

男人

　　你要走

女人

　　我想是的

　　我要走

　　是的

　　是的　我真的必须走了

　　但是

男人

　　什么

女人

    好吧   或许

男人

    你不会

（住口不语。）

    是的

    我们还会

（住口不语。）

女人

    我想我该走了

（男人点头，拧好瓶盖，放到地上。）

    可是   听着

    我们难道不能

    我可以给你打电话

    打到这个酒店

    或许我们可以再见面

    晚些时候

    今天晚上的什么时候

    可以的

    是吧

（男人点头。）

你

是吧

是吧　我的朋友

谢谢

是的

我们晚点再见面

是吧

男人

这里楼下有个酒吧

或许在那里

女人

（害怕地。）

是　如果

你愿意

男人

今晚

女人

是

我们就这样

（他点头。）

　　再见

　　到时候

　　在那里

　　是吧

（他站起来，一动不动地站着，然后她走过去，胳膊环住他，身体紧紧贴着他，在他们这样站着的时候，电话又响了几次，他们两人安静地站着，然后她走向左边，站住，转身，他拿起外套，走过去递给她，她穿上，外套有些长，然后她抬起手，稍稍挥了挥，从左边下场。他走到床边，坐下，电话又响了，他躺在床上，用被子盖住自己，电话又响了。）

　　灯光灭。暗场。

III

　　暗场。灯光起。公园长椅。女人从右边上场，穿着
黑色外套、高跟鞋。她站着，重心在一只脚上。男人从
左边上场，停下，看她，然后走过去坐在长椅上，坐着，
盯着前方。女人如之前那样站着，然后她开始往左边走，
他们看了彼此一眼，但她依旧从他身边走过，好像不认
识他一样。

男人
（在她身后。）
　　　你不能就这样走掉
　　　我一直在等你
　　　找你
　　　我去了酒吧
　　　但你不在那里
　　　你没有来
　　　我们
　　　我们约定了的

但是你没有来

喂

女人

（停住，看着他，有点意外。）

是你

男人

你难道没有认出我

女人

（有点尴尬地。）

是的

是的　我认出来了

男人

我们约好了要见面的

在那边的酒吧

不是吗

女人

是

或许

男人

　　我们说好了的

女人

　　是的

（停顿。）

　　但是

男人

　　我去了那里

　　好多次

　　去等你

　　去找你

　　但你不在那里

　　好几个晚上

　　我都在那里

女人

　　是的

男人

　　你不能

（住口不语。）

女人

    我去过

    那里

男人

    你没去过

    我问起过

    你

（短暂停顿。）

    不过   可能

    好吧

（短暂停顿。）

    但还是很高兴再次见到你

女人

（局促不安地。）

    是   没想到

（停顿。）

男人

    喂

    你能不能来这里坐下

    来这里   我的旁边

行吗

女人

好吧

男人

是的

这很好

终于见到你了

我是说

你好像

就这样消失了

女人

（坐下来。）

是　我必须谢谢你

谢谢你那天

为我做的

非常感谢

你明白的

（轻轻笑了笑。）

我

是的　并不是

经常那样

幸好不是

要不然

但是

是的 你明白的

男人

不用谢我

真的

女人

是的 因为

（有点尴尬地笑。）

有些事情时断时续的

你明白的

还有 看

（她拉起外套的袖子给他看，她穿着那件毛衣。）

但不会经常那样

幸好

男人

不

别提那个了

（停顿。）

女人

  不

（停顿。）

  你还好吗

男人

  还好

（停顿。）

  你呢

女人

  很好　谢谢

男人

  但我一直在找你

  我去了

（短暂停顿。）

  是的　去了酒吧

  然后我也来了这里

  到长椅这儿

  来了很多次

是的

在这里坐着等你

女人

你这样

男人

是的

女人

你不应该这样

（住口不语。）

男人

不

可是

女人

你一直在找我

男人

很多次

女人

你来了这里很多次

就在这里

坐在这里

我是说

（男人点头。）

但是你

是的

是的　你

是的　你只是到这里出差的

是吧

不是吗

（住口不语。）

男人

（点头。）

是

女人

那就对了

是的

（短暂停顿。）

你是

男人

    是的　为了工作

    开会

女人

    是的

    你的那场会

    顺利吗

男人

（犹豫了一下。）

    是的

女人

    那就好

男人

    其实

    好吧

    好吧　那场会没有开

（他短促地笑了一下。

停顿。）

女人

　　没有开

　　这样啊

　　你是说

男人

　　是的

女人

　　为什么没开

男人

　　没什么

（停顿。）

女人

　　但这是

　　是的　　这是好几天之前的事

　　是吧

　　起码几天了

男人

　　是

（停顿。）

女人

你应该很快就要回去了吧

你只是来

（住口不语。）

男人

或许

女人

你要待更长时间

男人

（犹豫了一下。）

不

不是

也不是

（停顿。）

女人

那个给你打电话的人

是的　她

（住口不语。）

男人

    是的

女人

    我想她打了好几次电话

    不管怎样

    我感觉是这样的

    她

男人

    她肯定打了很多次

女人

    她要和你说话

    问你是不是回来了

    还是什么

男人

    当然

（停顿。）

女人

> 然后她又给你打了电话

> 不是吗

> 打了

> 是的　你的妻子

> 难道不是吗

男人

> 是

（短促地笑了一下。）

> 天啊　是的

> 是

女人

（勉强地笑了一下。）

> 然后你接了电话

> 你那么做了

> 我记得

（住口不语。）

男人

> 是的　我那么做了

（停顿。）

女人

　　然后

男人

　　是的

　　是的　那之后

　　我接了电话

　　然后她说她给我打了电话

（短促地笑了一下。）

　　然后

　　是的　有个女人

　　她说

　　有个女人

　　接了电话

　　然后她又打了一次

　　她当时以为自己拨错了号码

　　然后你又接起了电话

　　然后她说要找我

　　然后你说　是的

　　他

　　是的　他

　　他出去了

　　或者类似的话

（笑了笑。）

    然后

女人

    什么

男人

    好吧

女人

    好吧　什么

（住口不语。）

男人

    好吧　然后她说

    我就不用回家了

（笑了笑。）

    就这样

女人

    她不想你回去

（住口不语，笑了笑。）

男人

不

（短暂停顿。）

是的　其实这样也好

真的

（停顿。）

这没关系

我没关系

（她看着他。）

我就是这么对她说的

女人

但这肯定不是认真的

就是那样

她只是那样说说

男人

不

当然不是

她只是

（住口不语。）

只是

好吧

女人

    这不说明什么

    不是吗

（他耸了耸肩。）

    你可以说这不过就是

    这样或那样

    不是吗

（她看着他。）

    这不过是

    这样或那样

    不是吗

男人

    是

（他伸出原来戴着婚戒的手，现在只能看到戒指留下的
印迹。）

女人

    不要这样

    拜托

男人

    可是你

女人

什么

男人

难道你不是

女人

你的女人

男人

是的

女人

不是

男人

是你这么说的

我是你的女人

你说的

记得吗

女人

是

（笑了笑。）

　　我大概是这么说的

男人

　　是吧

女人

　　我可能这么说过

（她笑了笑。）

　　然后你有了这么一个女人

　　你是不是

（他点头。）

　　你的女人

　　我

　　是

（她拉着他的胳膊，看着他。）

　　你的女人

　　是吧

（她笑了笑。

停顿。）

　　但你知道的

　　是的　我想我得走了

　　我该走了

男人

你要走

女人

是的

男人

你有事情要做

（她点头。）

但我们难道不能

女人

是的

见面

你是这个意思

（他点头。）

如果你愿意的话

男人

但你知道吗

是的

是的

是的

他们从办公室打来电话

是的

然后

他们想知道发生了什么事

那场会

然后我说我要见的那个人

没有出现

然后

女人

是的

男人

是的　然后他们说

那个人给他们打了电话

说我没去

他想知道是不是他弄错了会议安排

或者别的什么

是的

然后他给我打了电话

但我没有接

虽然前台说

我是在房间里的

女人

（有点距离感地，好像陷入了自己的思绪。）

   然后你

   你说了什么

男人

   是的　我说

   我说了什么

   我说我去了那里

   但他没在那儿

   然后他们问我去了哪里

   我说是去了约定的地点

   然后我老板说那个人

   我要见的人

   也去了那里

   是的

   然后他们问我什么时候去的

   我告诉了他们

   老板说完全不能理解这件事

   这根本对不上

   他说

   这是肯定的

   他说

究竟是怎么回事

他说

然后我说

你知道我说了什么吗

我说

我不知道我为什么会这么说

我说

我不再为你工作了

我是这么说的

我要辞职

我说

女人

（仍有点距离感地。）

　　你辞掉了你的工作

（男人点头。）

　　你不想再要这份工作了

（他摇头。）

　　不　不

（停顿。

没什么兴趣地。）

　　可是为什么

　　你需要钱

那份工作

你不需要吗

每个人都

都必须工作

不是吗

男人

是的

可是

女人

还有她

你的妻子

男人

是的　她

女人

她说你不用回去了

男人

是的

（他笑了笑。）

可是我

好吧　她或许不是认真的

女人

我肯定她不是

（停顿。）

但你知道的

或许我最好

是的　我

男人

你要走了

女人

或许

我也不知道

我应该

男人

不　你不要走

不要再离开

拜托

女人

 但是我

 是的

 或许我们之后还能再见

 如果你愿意的话

 我应该

男人

 愿意

女人

 我应该

 我必须走了

 是的

 我得抓紧了

（女人站起来，男人继续坐着。）

男人

（在女人身后。）

 喂

 等等

（她停住脚步，转身。）

 你不能就这样走掉

拜托

（男人站起来。）

女人

（叹了口气。）

　　怎么了

　　现在

　　所以呢

男人

　　没什么

　　真的

女人

　　可是你

男人

　　是的

（停顿。）

女人

　　你还住那家酒店吗

男人

是

（停顿。）

女人

但我不知道

男人

要不我们坐下来

聊一会儿

好吗

女人

我不知道我是不是

（住口不语。）

男人

不

或许不

（停顿。）

女人

你什么时候离开

男人

我不知道

（停顿。）

女人

但是我

男人

我们坐下来

聊一会儿

就你和我

我们能不能

在长椅上

我们两个人

（短暂停顿。）

我们

我们的长椅

是的

或者

女人

是的

好吧

（他们又一次坐在长椅上。

停顿。）

男人

很高兴再次见到你

女人

是的

（停顿。）

男人

你没有找过我

女人

没有

（短暂停顿。）

是的　或许有

（停顿。）

男人

但是你

算了　没什么

女人

> 你最近在做什么
>
> 我的意思是

男人

> 没做什么

（短暂停顿。）

> 待在床上
>
> 就在那酒店里
>
> 就这样
>
> 那

（停顿。）

> 你呢

女人

> 也没做什么
>
> 几乎没做什么

男人

> 没有

（停顿。）

女人

（有点不安地。）

　　要不我们走吧

　　或许

　　还是

男人

　　我们或许可以

　　去酒店

　　我还住那间双人房

女人

　　我不知道

　　真的

　　我

（停顿。）

　　但是

男人

　　你经常来这里吗

女人

　　这里

这地方

是的

时不时地

所以

是的

（短暂停顿。）

也没那么经常

（停顿。）

男人

我们去我的房间吧

女人

好

（男人站起来，向女人伸出手，她握住他的手，然后他们开始走动，手握手，从左边下场。）

灯光灭。暗场。

IV

暗场。灯光起。双人床。女人和男人从左边走上场，
放开彼此的手，依旧看着对方。

男人
（有点高兴地。）
　　我们到这儿了
　　是的

女人
　　是
（停顿。）

男人
　　你还记得吧
　　记得之前这里什么样

女人

　　是的

　　我记得

（停顿。）

男人

　　你想喝点东西吗

女人

　　不用

　　不

（停顿。）

　　你什么时候离开

男人

　　我不知道

女人

　　你不知道

男人

　　我该去哪里

（住口不语。）

女人

你什么意思

男人

不

我

好吧

或许我不走了

（短促地笑了一下。）

女人

你不走了

男人

不

我

是的

（轻轻笑了笑。）

或许

是的　或许我会留在这里

不是这里

我不能留在这里

我是说

可

女人

你要留下来
但你不能这样

男人

为什么不能

女人

不
这不行的

男人

可是
我不想离开了

女人

不　你必须走
你会走的
是的
（她伸手握他的手。）
这样你不会幸福的

你的房子

你的孩子

（询问地。）

两个孩子

是吧

（他点头。）

妻子和孩子们

男人

是的

女人

房子和家

（短暂停顿。）

你真的很幸运

有家

有工作

有这一切

（她放开他的手。）

男人

是的

或许

但是你

女人
　　什么

男人
　　我想念你

女人
　　你想念我
　　不　拜托
（她笑了笑。）
　　你不明白
（住口不语。）
　　你必须回家去
　　你这样
　　不会幸福的

男人
　　那不重要

女人
　　可是

男人

我是认真的

我确实

（停顿。）

女人

你不能

这不行

我

（住口不语。

停顿。

她朝他微笑。）

但我还是

你的女人

我是

所以

所以

是的　或许

或许你和我

是的　我们或许

不

不　我开玩笑的

（她又朝他笑了一下。）

但是你的妻子

　　　还有你的孩子们

（他点头。）

　　　还有你的工作

　　　所有的一切

　　　还有你的房子

　　　你有个房子

（他又点头。）

　　　这不行的

　　　这

　　　这样

男人

　　　我们可以离开

　　　去别的地方

女人

　　　不　不要说下去了

　　　我们不能这样

　　　真的

男人

　　　我们可以

女人

不

但你真是

好吧

（停顿。

他们站着，看着对方，然后她脱下外套，放在地上，她穿着
一条很短的紧身皮裙，网格丝袜。）

你看

是吧

（男人点头。）

很美

是吧

（他又点头。）

我

非常美

是吧

你之前见过这样美的女人吗

有过吗

有吗

（短暂停顿。）

那么过来

过来吧

你不想吗

过来这里

（他向她走去，她握住他的手。）

　　　你明白的

　　　是吧

　　　所以我们

　　　你和我

　　　一起离开

　　　这是你想要的吗

（她短促地笑了一下。）

　　　是吗

　　　这是你想要的

男人

　　　是的

女人

　　　走

　　　你和我

　　　我们就这样

　　　离开这里

　　　去一个别的地方

　　　是吧

（他点头。）

就是这样

是吗

（他点头。）

然后就

只有你和我

在那里

是吧

他点头

没有人知道我们的事

男人

对　没有人

女人

完全是另外一个城市

是吧

男人

是

女人

然后只有你和我

男人

是的

只有我们

我和你

（他放开她的手，走过去在床边躺下，躺在那里盯着上方，她还是站着，然后他看向她。）

我们可以这么做

如果你愿意

（她走过去，坐在他身上，解开他的裤子扣。）

女人

我们这么做吧

可以的

但我们不能

这行不通

你明白的吧

傻瓜

男人

是

女人

不

你必须明白
是的
不是那样的

男人
是

女人
是这样

男人
是这样

女人
我们离开

男人
我们可以的

女人
去另外一个城市

男人

是

去一个完全不同的地方

女人

你喜欢我

男人

是

女人

很喜欢我

男人

是的

女人

这行不通

男人

这是可以的

女人

不是那样的

男人

那又怎样

女人

好吧　或许

男人

我们就这么做吧

女人

一个完全不同的地方

男人

是的

（她躺在他身旁，他搂住她，她也搂住他。）

女人

不是那样的

男人　一切都是那样

灯光灭。暗场。

睡

邹雯燕　译

人物表

第一个年轻女人

第一个年轻男人

第二个年轻女人

第二个年轻男人

中年男人

老年女人

老年男人

中年女人

男人

儿子

灯光。

第一个年轻女人

（上场，环顾四周，然后第一个年轻男人上场。）

　　　这儿

　　　我们要住在这儿

　　　你和我

第一个年轻男人

（骄傲而高兴地。）

　　　是的

第一个年轻女人

　　　你和我

　　　没有别人

第一个年轻男人

　　最后一切都解决了

第一个年轻女人

　　是的

（极短的停顿。）

　　我们终于可以就两个人在一起了

（极短的停顿。）

　　我终于不用和他们住在一起了

　　和我的父母

　　我的兄弟姐妹

第一个年轻男人

　　这花了很长时间

（住口不语。）

第一个年轻女人

　　但现在我们在这里

　　我们要住在这里了

　　真不敢相信

第一个年轻男人

（高兴地。）

这是真的

第一个年轻女人
（几乎出神地。）
　　这是真的
　　完全是真的
（短暂停顿。）

第一个年轻男人
　　你和我要住在这里

第一个年轻女人
　　我是那么幸运
（他们拉着对方的手，在房间里走动。）
　　这几乎让人不敢相信

第一个年轻男人
　　我也
　　几乎不敢相信

第一个年轻女人
　　但这是真的

第一个年轻男人

完全是真的

第一个年轻女人

要多真有多真

第一个年轻男人

还要更真

（他们停下来，亲吻对方，就在他们接吻的时候，第二个年轻女人上场，她没注意到里面的一切，她也环顾四周，然后第二个年轻男人上场。）

第二个年轻女人

很好

这个地方很好

第二个年轻男人

（环顾四周。）

起码算是个地方吧

（极短的停顿。）

我们还真花了好多时间

才找到一个住的地方

第二个年轻女人

没人能说这是件容易的事

第二个年轻男人

但最后结果还是好的

第二个年轻女人

确实是这样

（极短的停顿。）

人总得有地方住

不是吗

没人能

不找个地方住

第二个年轻男人

感觉好像是这样

是的　但好像有人也可以

或至少

应该可以

（第二个年轻女人和第二个年轻男人在房间里走动，环顾四周。）

这里还不错

是吧

第二个年轻女人

是的

感觉是这样

这里挺好的

第二个年轻男人

你很满意

第二个年轻女人

是的

（短暂停顿。）

你不满意吗

第二个年轻男人

满意

第二个年轻女人

所以一切都很好

第二个年轻男人

是的　难道不是吗

第二个年轻女人

    是的　肯定是的

第二个年轻男人

    但你看起来有点

（住口不语。）

第二个年轻女人

    一切都很好

第二个年轻男人

    好

（停顿。）

第二个年轻女人

    那你呢

（极短的停顿。）

    你感觉怎么样

第二个年轻男人

    是的　很好

（停顿。）

第一个年轻女人

可是

（极短的停顿。）

可是这里真的很好

第一个年轻男人

这里还会变得更好

等我们所有的东西都到位

第一个年轻女人

我们几乎还没有什么东西

第一个年轻男人

没有

是这样

（极短的停顿。）

但我们会有的

一点一点地

有我在

（住口不语。）

是的

（极短的停顿。）

是的　一切都会好的

都会解决的

你会看到的

有我在

（住口不语。）

第一个年轻女人

我相信会的

第一个年轻男人

是的

（停顿。）

第二个年轻女人

是的　这里很好

但是

第二个年轻男人

（询问地。）

什么

第二个年轻女人

但是我不知道我是不是真的喜欢这里

我喜欢

但也没那么喜欢
或许

第二个年轻男人

我非常喜欢

这里

第二个年轻女人

是的

是的　我想我也喜欢这里

第二个年轻男人

这里很好

不是吗

（第二个年轻女人站着，看着第二个年轻男人。）

第二个年轻女人

来这里

过来好吗

你没看到吗

你没看到我想要一个吻吗

嗯

第二个年轻男人

　　现在

第二个年轻女人

　　是的　现在　傻瓜

第二个年轻男人

　　是的

第二个年轻女人

　　是的　过来

（短暂停顿。）

　　不要站在那里好吗

　　到这里来

第二个年轻男人

（看向第一个年轻女人和第一个年轻男人。短暂停顿。）

　　是的

第二个年轻女人

　　你在想什么

第二个年轻男人

没想什么

（*短暂停顿。*）

第二个年轻女人

好吧

所以我不能得到一个吻

没关系

第二个年轻男人

不　你会得到很多吻

日日夜夜

不是那样的

第二个年轻女人

可是　不是现在

第二个年轻男人

是现在

（*他朝着她走过去。*）

第二个年轻女人

不　我现在不想要吻了

第二个年轻男人

你刚才说想要

第二个年轻女人

但你那时不想吻我

第二个年轻男人

不是你想的

那样

第二个年轻女人

但你没那么做

第二个年轻男人

对不起

第二个年轻女人

对不起

傻瓜

（第二个年轻女人朝第二个年轻男人走过去，快速吻了下他
的嘴唇，他想抱住她，但她躲开了。）

第二个年轻男人

　　这个吻太短了

第二个年轻女人

　　之后你会得到一个更长的吻

第二个年轻男人

　　我不信

（短暂停顿。）

　　来

　　我们去看看其他房间

（极短的停顿。）

　　然后

（住口不语，极短的停顿。）

　　不　　没什么

第二个年轻女人

　　来吧

第二个年轻男人

　　等等

第二个年轻女人

　　什么事

第二个年轻男人

　　就是先等等

（第二个年轻男人下场，第二个年轻女人四处转了转，她看看第一个年轻女人，然后又继续四处打量。）

第一个年轻男人

（对第一个年轻女人说。）

　　听我说

（极短的停顿。）

　　我非常高兴

　　我们终于搬到这里了

第一个年轻女人

　　我也是

（极短的停顿。）

　　某种程度上

　　我还是不敢相信

（极短的停顿。）

　　想象你和我在这里生活

第一个年轻男人

还有我们的孩子

第一个年轻女人

很多孩子

第一个年轻男人

好几个孩子

第一个年轻女人

孩子们

起码是孩子们

（短暂停顿。）

第一个年轻男人

我知道一切都会变好的

第一个年轻女人

你知道吗

第一个年轻男人

我当然知道

314

第一个年轻女人

怎么知道的

第一个年轻男人

就是知道

难道你不知道吗

第一个年轻女人

是的

在某种程度上

是的　我想我也知道

也知道

（第二个年轻男人进来，推着一辆婴儿车。）

第二个年轻女人

（几乎有些害怕地。）

可是

不

（短暂停顿。）

第二个年轻男人

我想或许

是的

我直接买下了它

（停顿。）

你不喜欢吗

第二个年轻女人

是

（停顿。）

第二个年轻男人

我以为你会高兴的

我

第二个年轻女人

好吧　我确实会

第二个年轻男人

你不喜欢这颜色

还是什么

你觉得它很难看

第二个年轻女人

不

不是那样

只是

（住口不语。第二个年轻男人把婴儿车推向第二个年轻女人，
放在她的身边。）

第二个年轻男人

我今天买的

就在你来之前

我觉得

是的

是的　这可以当作

暖房礼物

或别的什么

给我们两个人的

第二个年轻女人

很好的想法

第二个年轻男人

这个

（住口不语。短暂停顿。）

你不想试着

推一下吗

第二个年轻女人

必须要吗

第二个年轻男人

不　也不是

（短暂停顿。）

第二个年轻女人

我不是特别想推

第二个年轻男人

为什么不想

第二个年轻女人

我不知道

只是不太想

第二个年轻男人

是的　你不必非得推

当然不必

第二个年轻女人

那就好

（停顿。）

第二个年轻男人

　　　不是那个意思

（停顿。）

第二个年轻女人

　　　或许

（极短的停顿。）

　　　好吧　或许

（住口不语。）

第二个年轻男人

　　　你是想说　我们会有孩子

　　　这事并不确定

第二个年轻女人

　　　你非得说出来吗

第二个年轻男人

　　　当然　我必须说

（第二个年轻女人下场。第二个年轻男人看着第一个年轻女
人和第一个年轻男人。）

第一个年轻女人

　　我们四处转转吧

　　四处转转　　看看其他房间

第一个年轻男人

　　好

第一个年轻女人

　　那

　　我们就这么做吧

　　好吗

　　就现在　　立刻

第一个年轻男人

（有点开玩笑地。）

　　我不知道我是不是敢

第一个年轻女人

　　我赌你不敢

第一个年轻男人

　　是的

第一个年轻女人

    我们必须敢

第一个年轻男人

    我想这大概没什么的

第一个年轻女人

    我们敢

第一个年轻男人

    可是　听着

第一个年轻女人

    是的

（短暂停顿。）

第一个年轻男人

    是的　我有东西

    我有东西要给你

第一个年轻女人

    不

第一个年轻男人

　　是的

（极短的停顿。）

　　我想

　　是的　我想我有个小小的惊喜

　　给你

第一个年轻女人

　　你太好了

（短暂停顿。第一个年轻男人向第一个年轻女人走过去，停下，转向她。）

第一个年轻男人

　　你就在这里等一下

第一个年轻女人

　　好

（第一个年轻男人下场，第二个年轻女人上场，她看着第二个年轻男人。）

第二个年轻女人

　　可是你为什么不过来

　　不要就那么站在

那辆婴儿车旁

（短暂停顿。）

它没那么重要

不是吗

（极短的停顿。）

就放在那边吧

（极短的停顿。）

放那边

（极短的停顿。）

让我们四处转转

看看那些房间

来吧

第二个年轻男人

好

第二个年轻女人

那就过来吧

（第二个年轻男人走向第二个年轻女人。）

可是婴儿车

（极短的停顿。）

你就不能

把它放在那里吗

（住口不语。）

第二个年轻男人

　　把它放在那里

（第二个年轻女人点头，第二个年轻男人把婴儿车推了出去，
第二个年轻女人向反方向走，同时，第一个年轻男人推着一
辆婴儿车上场。）

第一个年轻女人

　　哦　　太棒了

第一个年轻男人

（骄傲地。）

　　是的　　这是不是很好

第一个年轻女人

　　真的很好

　　我从来没见过

　　这么好的婴儿车

第一个年轻男人

　　我也没有

　　这就是为什么

第一个年轻女人

（继续说。）

　　是的　这就是为什么你买下了它

第一个年轻男人

　　是

（极短的停顿。）

第一个年轻女人

　　可是我们能负担得起吗

第一个年轻男人

　　不　我想我们负担不起

（第一个年轻女人走过去，推着婴儿车，然后第一个年轻男人和第一个年轻女人一起推着婴儿车四处走。）

　　但很快可以

第一个年轻女人

　　很快

第一个年轻男人

　　就快了

第一个年轻女人

越快越好

第一个年轻男人

立刻

第一个年轻女人

再过不久

第一个年轻男人

几个月

（他们松开婴儿车，亲吻，然后第一个年轻女人拉过婴儿车，推着四处走，这时第二个年轻男人上场，他站在那里看着第一个年轻女人和第一个年轻男人。）

可是　听我说

第一个年轻女人

是的

第一个年轻男人

可是　听我说

让我们现在

四处走走　看看那些房间

我们不可以吗

第一个年轻女人

我都走出去很远了

第一个年轻男人

来　我们去看看

第一个年轻女人

好的

第一个年轻男人

要不你推着婴儿车吧

好吗

第一个年轻女人

来　我们一起推

（第一个年轻男人拉过婴儿车，然后他们一起推着下场，同时第二个年轻女人上场，站在那里看着第二个年轻男人。）

第二个年轻女人

我们要在这里待多久

在这里住多久

（极短的停顿。）

我们已在这里生活了

生活了好多年

第二个年轻男人

（疑惑地。）

我们要在这里住多久

你不喜欢这里吗

第二个年轻女人

但我们还要在这里生活多久

是的　我是认真的

冬春夏秋

冬天　春天　或许我们可以

是的　搬家

去别的地方生活

第二个年轻男人

这个地方很好　不是吗

我觉得它很好

我这么觉得

（短暂停顿。）

第二个年轻女人

　　但时间过去好几年了

　　我们在这里

　　不是在工作

　　就是待在这里

　　一直在这里

第二个年轻男人

　　我想大概是这样的

　　是的

（极短的停顿。）

　　看不出它可以有什么不一样

　　有吗

第二个年轻女人

　　可是必须发生点什么吧

　　有什么事情发生

　　一切不能总是这个样子

　　得有些改变

　　变成另外的冬天

　　春天

　　夏天

　　秋天

然后是冬天

春天

第二个年轻男人

夏天　秋天

春天　这样不就很好吗

还能有什么不同

第二个年轻女人

或许不会

一切都很好

我知道的

第二个年轻男人

至少我过得很好

第二个年轻女人

我也是

毫无疑问

（短暂停顿。）

第二个年轻男人

你想搬家吗

第二个年轻女人

　　那也是一样的

　　也会一直一成不变

　　去别的地方也是这样

第二个年轻男人

　　是的

　　我想是的

第二个年轻女人

　　那个

（住口不语。）

第二个年轻男人

　　如果你想搬家

　　我们也可以

　　到另外一个地方生活

第二个年轻女人

　　不

（停顿。）

　　我很确定那是

（住口不语。）

第二个年轻男人

什么

第二个年轻女人

是的　你知道的

第二个年轻男人

是的　我们不会有孩子了

第二个年轻女人

你非得说出来吗

第二个年轻男人

我们很想

（住口不语。）

第二个年轻女人

这事我们已经聊得够多了

（短暂停顿。）

第二个年轻男人

是的

没什么用

（住口不语。第二个年轻女人和第二个年轻男人视线低垂，然后第二个年轻男人离开，中年男人上场，两人相遇，停下，看着对方，中年男人走上舞台，第二个年轻男人下场，在错身而过的时候，他们握了握手。中年男人在舞台上走了几步后停下，看着第一个年轻女人上场，她停下，他又看着第一个年轻男人上场。）

第一个年轻女人

　　他们现在睡着了
　　那两个小宝贝

第一个年轻男人

　　我们已经有两个孩子了

第一个年轻女人

　　是的
（中年男人看着她。）

第一个年轻男人

　　他们是健康的孩子
　　他们是好孩子
　　他们现在睡着了
　　睡得很熟

很快

（他走过去把手放在第一个年轻女人的肚子上。）

第一个年轻女人

是的　我们现在还不能确定

第一个年轻男人

基本上确定了

（短暂停顿。）

第一个年轻女人

可是那些账单啊

第一个年轻男人

我们别想这个了

第一个年轻女人

好吧

如果你这么说的话

第一个年轻男人

会解决的

你会看到的

第一个年轻女人

　　要喂饱很多张嘴

第一个年轻男人

　　会好起来的

　　没必要为未来的

　　日子担心

第一个年轻女人

　　你确定吗

第一个年轻男人

　　永远都不可能确定吧

（极短的停顿。）

　　但是会解决的

　　看着吧

第一个年轻女人

　　你怎么确定的

第一个年轻男人

　　目前为止

　　不都没事儿吗

然后

第一个年轻女人

（继续说。）

那未来也会是这样的

第一个年轻男人

就应该这么想

第一个年轻女人

这么想

第一个年轻男人

是的

然后一切就会好的

看着吧

第一个年轻女人

然后一切就都解决了

第一个年轻男人

一切都会解决的

（停顿。第一个年轻女人看着老年女人慢慢走进来，她们看着彼此，第一个年轻女人朝老年女人走去，第一个年轻男人在后面叫住了第一个年轻女人。）

　　一切都会好的

　　我知道的

　　我真的知道

（住口不语。第一个年轻女人和老年女人相遇。她们停下脚步，看着彼此，然后她们拥抱了对方，第一个年轻女人下场，老年女人停下，她看着中年男人。）

老年女人

（对中年男人说。）

　　你认识我吗

中年男人

　　不

（停顿。）

　　你什么意思

　　我为什么会认识你

　　我从来没见过你

（住口不语，短暂停顿。）

老年女人

　　从来没见过我

中年男人

没有

我从来没有

（住口不语。）

老年女人

你从来没见过我

中年男人

没有　我不记得

或者

也许

可能是

（住口不语。）

老年女人

或许你先前从未见过我

但我一直在这里

我

你是知道的

中年男人

是

也许

老年女人

没什么也许

中年男人

我明白

老年女人

不　你不明白

中年男人

明白的

老年女人

不

（极短的停顿。）

不可能明白

（停顿。）

不是这样的

（短暂停顿。）

但你一直都认识我的

我一直在这里

我

　　在你来之前很久

　　我就住在这里了

　　我在这里

　　我将一直在这里

　　我只会在这里

中年男人

　　是的

老年女人

　　还有

（住口不语。）

中年男人

　　是的

（极短的停顿。）

　　所以呢

老年女人

　　没什么所以

　　没有

　　只是一些别的事

中年男人

　　好吧

（停顿。）

老年女人

（好像在回忆。）

　　是的

（极短的停顿。）

　　是的　那天

　　是的　那天是这样的

　　是的　那天我很难受

　　我没有办法走路

　　我只能在这里　只能躺着

　　然后

　　他进来了

中年男人

　　你生病了

　　走不了路

　　说不了话

　　什么都做不了

　　在这里

（住口不语。老年女人环顾四周，然后转圈走着，像在梦游。)

老年女人

（自言自语地。）

> 但是这
>
> 不
>
> 不　是什么呢

（她几乎要失去平衡。）

> 但是这
>
> 是什么呢
>
> 发生了什么
>
> 是什么
>
> 然后
>
> 然后

（住口不语。她伸出手，好像要支撑自己，摇晃一下，跪了下来。)

> 但是这

（住口不语。)

中年男人

> 你那时病了
>
> 然后发生了什么

老年女人

（自言自语地。）

    然后

    这个

    可是

    是的

    哦　不是

（住口不语，她躺在地板上。）

中年男人

    可你怎么了

    是病了吗

    怎么了

    你

    是的

    不要躺在那里啊

    不要

（老年男人上场。第一个年轻男人看到了他，而后突然快速向他走去。在老年男人上场、第一个年轻男人下场时，他们拍了拍彼此的肩膀。）

    你

    你不能就这样躺在那里

    你怎么了

（中年男人走过去，碰了碰老年女人的肩膀。）

可是你

你必须醒醒

不能躺在那里

（老年男人走过去，碰了碰老年女人的肩膀。）

老年男人

你怎么了

拜托不要生病

请不要就这样离我而去

（中年男人退后，与老年女人拉开一点距离。）

拜托　亲爱的

你怎么了

请醒过来

（他晃了晃她的肩膀。）

请为我醒过来

你怎么了

拜托　亲爱的

（他在她身边坐下，开始抚摸她的头发。）

你得为了我醒过来啊

亲爱的

亲爱的

你怎么了

（短暂停顿。）

　　你不能

（住口不语。）

　　我是那么想你

　　说点什么啊

　　你必须对我说点什么

（短暂停顿。）

　　不要就这样躺在那里

　　你

　　说点什么

　　亲爱的

　　你怎么了

　　对我说点什么呀

　　拜托了

（他抱住她。停顿。）

中年男人

（自言自语地。）

　　我们在这里生活了很多年

　　她和我

　　冬天和春天

　　夏天和秋天

（极短的停顿。）

冬天　春天

很多年

冬天　秋天

春天　但她怎么了

她为什么没有回来

她在哪里

老年男人

喂

你究竟怎么了

（他坐着搂着她，然后放手。）

你究竟怎么了

你得回答我

怎么了

（他抱住她，轻轻晃了晃。）

喂

现在就回答我

你必须回答

哦

不要这样

不要就躺在那里

你

必须回答我

（短暂停顿。）

    不 不是那样

    不要就躺在那里

    你起来啊

    对我说点什么

    你

    不要就这样躺在那里

    我好害怕

（极短的停顿。）

    那么多年 我们生活在一起

    你和我

    一起说话

    在一起

    这里

    就在这里

    你和我

（极短的停顿。）

    所以不要就这样躺着

    拜托

（短暂停顿。）

    你究竟是怎么了

（短暂停顿。）

    现在 和我在一起

对我说点什么吧

（短暂停顿。）

你必须回答我

（他试着把她扶起来，但没成功，他站起来，环顾四周。）

中年男人

（自言自语地。）

她在哪里

她怎么了

她为什么没有来

她应该在这里的

她很久以前就应该到了

为什么她没有来

老年男人

（朝中年男人走了几步。）

她怎么了

她只是一直

躺在那里

她不和我说话

她什么都不对我说

她和我

是的

我们一起生活了那么多年
她和我

中年男人

她只是躺在那里

老年男人

是的

她不动

不说话

中年男人

是的

老年男人

我该怎么办

中年男人

你该怎么办

老年男人

我必须得做点什么

中年男人

可是你能做什么呢

老年男人

我必须得做点什么

因为现在

她现在已经不和我说话了

什么都不说

只有沉默

只是躺在那里

什么都不说

究竟是怎么了

天啊

我的天啊

为什么她不对我说点什么

为什么她不和我说话

我该怎么办

有什么是我能做的

我不能让她就这样躺在那里

我必须去找个什么人

找能帮忙的人

（对中年男人说。）

你能帮帮我吗

中年男人

　　不　我想我不行

（住口不语。）

老年男人

　　可是谁能帮帮忙

　　没有人能帮忙

　　没有人帮忙

　　我得走了

　　去找别人

　　去找人帮我

（对中年男人说。）

　　你

　　你必须得帮我

中年男人

　　可是我不认识你

　　我不知道你在说什么

　　你是谁

　　我能怎么帮你呢

老年男人

　　你什么都不明白吗

中年男人

　　不明白

（*短暂停顿。*）

老年男人

　　可是　你是谁

　　你为什么在这里

中年男人

　　我该问你是谁

　　你为什么在这里

　　你在这里做什么

　　回答我

　　告诉我

老年男人

　　我就在这里

　　我住在这里

　　我一直都

（*住口不语，极短的停顿。*）

　　不　也不是一直都住在这里

（*极短的停顿。*）

　　这么多年

我们住在这里

从我们年轻时起

我们的孩子也一直住在这里

我们的三个孩子

然后现在

（住口不语。）

中年男人

是的

老年男人

我住在这里

中年男人

（疑惑地。）

你住在这里

（停顿。老年女人坐起来，用一只胳膊支撑着自己，环顾
四周。）

老年女人

（高兴地看着老年男人。）

你在这里

（极短的停顿。）

我不明白

可是

（极短的停顿。）

我不记得了

（极短的停顿。）

然后这个

可是

（住口不语。）

老年男人

（高兴地。）

可是你

你回来了

发生什么事了

你不说话

你不在这里

可是

（朝她走过去。）

让我帮帮你

我会帮你的

（她想试着站起来。）

不　等等

我来帮你

老年女人

我觉得不舒服

老年男人

你摔倒了吗

老年女人

我觉得非常不舒服

老年男人

我试着和你说话

但你没有回答

老年女人

我什么都不记得了

老年男人

我来帮你

（他将双臂架在她的腋下，把她往上托，她也试着用力。）

老年女人

我们办不到的

老年男人

可以的

我们一定可以的

（他继续用力。）

看吧

（他成功地把她扶了起来，她坐在地上。）

老年女人

我们做到了很多

可是现在

（极短的停顿。）

我觉得你得去找人帮忙

我比你想象中要重

老年男人

不　我们可以办到的

老年女人

我们可以试试

（短暂停顿。）

老年男人

你只是摔倒了

老年女人

　　我觉得很不舒服

老年男人

　　怎么不舒服

老年女人

　　就是难受

老年男人

　　然后你就躺在了地上

老年女人

　　是的

（短暂停顿。）

　　是的

（停顿。）

中年男人

（自言自语地。）

　　　我们来到这里　　就是这样

　　　在这里

　　　很多年

冬天和春天

夏天和秋天

年复一年

然后她离开了

一直没回来

我被留下了

我就在这里

我一直在这里

（停顿。）

可是她

（极短的停顿。）

是的　为什么她没来

为什么她走了那么久

她怎么了

她发生什么事了

什么事

（极短的停顿。）

然后

（住口不语。）

然后她来了这里

和我说话

说

（住口不语。）

老年男人

（双臂架在老年女人的腋下，把她往上托，她站了起来。）

> 看吧

（短暂停顿。）

> 这样
>
> 是的　这样就很好
>
> 哈
>
> 你又是你了

老年女人

> 谢谢
>
> 谢谢你

老年男人

> 你又是你了

老年女人

> 是我

（住口不语，短暂停顿。老年女人开始走动，很缓慢，一只脚有点跛。）

老年男人

> 你走起路来脚疼吗

老年女人

我的脚疼

老年男人

你受伤了吗

老年女人

我不知道

老年男人

不　　可是

（极短的停顿。）

你的脚怎么了

老年女人

（尽自己最大努力走。）

我不知道

老年男人

等等

让我扶着你

（他抓着她的胳膊，带她四处走。）

看

现在好多了

哈

你在走路了

是的

就像个年轻的女人

就像我第一次见到你时那样

（极短的停顿。）

就像你推着婴儿车四处走时那样

我们来到这里的那天

你记得吗

老年女人

是的　是的

老年男人

你现在走起来就和那时候一样

是的

就像你推着婴儿车的时候

那天

我们刚搬到这里

是的　那么好

你走路的样子

是的　你走路的样子和从前一样

361

就像你现在这样走路

老年女人

这我可不知道

老年男人

是这样

（短暂停顿。）

老年女人

我觉得我必须要

休息一下了

老年男人

是的　你当然可以休息

（他松开她的胳膊，走远几步，站在那里好像思考着什么。
长长的停顿。）

老年女人

（对中年男人说。）

是的

（短暂停顿。）

是的　我就躺在那里

我不能说话

我不能动弹

看上去就是那样

可是我什么都不记得了

一点儿都不记得

和我醒来的时候一样

然后他就在那里

然后他帮我站了起来

就是这样

（住口不语。）

中年男人

（疑惑地。）

刚才就是那样

老年女人

是的　刚才就是那样

（停顿。）

中年男人

你刚才就躺在那里

老年女人

　　我刚才就躺在那里

　　我在那里

　　可我又不在那里

（极短的停顿。）

　　确确实实就像

　　那样

　　我现在在这里

　　又不在这里

　　就像那样

中年男人

　　你在这里　　但你又不在这里

（老年男人缓缓下场。）

老年女人

　　是的

（短暂停顿。）

　　就是这样

　　我什么都说不出来

　　我站不起来

　　我能听见他说话

　　他说的所有话

但是

（短暂停顿。）

我没有告诉他

我能听见他的声音

他说的话

我说我什么都没听到

我什么都不记得

我想我对你也是这么说的

但这不是真的

我什么都听到了

每个字

中年男人

可是你是谁

老年女人

我告诉过你

中年男人

你告诉过我你是谁

老年女人

是的

中年男人

　　你没有

老年女人

　　不　我说过的

　　我一直在告诉你

　　我是谁

中年男人

　　那你是谁

老年女人

　　你在这儿的时候我一直都在

中年男人

　　可我不认识你

老年女人

　　你当然认识我

中年男人

　　那就认识吧

老年女人

　　你只是没意识到

（停顿。老年女人从中年男人身边走开。）

中年男人

（在她身后。）

　　可是你究竟是谁

　　说啊

　　说

　　不能告诉我吗

老年女人

（停下，看着中年男人。）

　　你

　　和所有人一样

　　最不理解的就是你是谁

　　而你也永远不会理解

　　你不能理解你是谁

　　因为能理解的话你就不会成为

　　现在的你

　　事情就是这样

（短暂停顿。）

　　但这只是一些言辞罢了

（极短的停顿。）

　　无用的思考

（短暂停顿。）

　　现在

　　是的

（老年女人看着准备离开的第二个年轻女人，中年男人跟着她。）

中年男人

（跟着第二个年轻女人。）

　　可是　　别走

（短暂停顿。）

　　对我说点什么

（短暂停顿。）

　　说些我能理解的

　　我有什么不明白的

　　我们可以搬家

　　找另一个地方住

　　做点别的事情

　　碰巧遇上什么事

　　不　　不要走

（第二个年轻女人只是继续走，然后中年女人上场，第二个年轻女人在她面前停下。她们几乎是彼此蔑视地，然后第二个年轻女人迅速下场，中年女人迅速走过来。）

中年女人

（对中年男人说。）

　　你好

中年男人

　　你好

中年女人

　　是的　　有点晚了

中年男人

　　是

中年女人

　　要做的事情太多了

　　太多了

　　总是做不完

　　我一直在工作　　工作

　　可是从来做不完

中年男人

　　是这样的

　　是的

（停顿。）

中年女人

　　我想找点吃的

中年男人

　　好

（短暂停顿。）

中年女人

　　你吃过了

中年男人

　　是的

（极短的停顿。）

　　我给我们两个人做的

　　是的　　像平常那样

　　我可以给你热一热

中年女人

我可以自己热

（短暂停顿。）

中年男人

要不我开瓶酒吧

会很不错的

中年女人

不

今天晚上还是算了

我没什么兴致

不过　当然

你可以开

如果你想喝一点的话

我明天肯定能喝一杯的

我

如果你

是的　如果你没有把整瓶喝完的话

你

我了解你的

是的

中年男人

    是的　我

（住口不语。停顿。）

中年女人

    不过我饿了

    我去弄点吃的

（停顿。）

    是的

（短暂停顿。）

    我饿了

    总是饿

    总是

    就像从前一样饿

    总是饿

    吃饭和睡觉

    冬天和春天

    夏天和秋天

    秋天和冬天

（极短的停顿。）

    然后

（住口不语。）

中年男人

　　就是这样的

　　不是吗

中年女人

　　是这样

中年男人

　　你必须忍耐这些

　　我猜生活就是这样的

中年女人

　　就是这样

（极短的停顿。）

　　秋天和冬天

中年男人

　　冬天和春天

（极短的停顿。）

中年女人

　　是的

（极短的停顿。）

可是

（极短的停顿。）

还有

是的

看起来我今晚还有个会要开

（极短的停顿。）

永远不会安宁

中年男人

好吧

中年女人

我也没什么办法

中年男人

没办法

（停顿。中年女人下场。中年男人视线低垂，然后抬起头，看向老年女人。停顿。）

老年女人

然后所有的事情都不同了

一直不同

中年男人

（疑惑地。）

　　只是方式不同

老年女人

　　一切都不同了

（短暂停顿。）

　　　一直相同

　　　又一直不同

（停顿。中年男人看着老年女人，然后他又看着老年男人走
　向那里，他朝老年女人走过去，拿着一根拐杖。）

老年男人

（对老年女人说。）

　　　拿着

　　　这应该会有帮助

（立起拐杖。）

　　　我给你找了根拐杖

　　　你一定要试试

　　　会有用的

　　　你会看到的

老年女人

　　是的　我相信有用

（老年男人走向老年女人，把拐杖递给她，她接过来，站着看了一会儿，摸了摸。停顿。）

老年男人

　　我们都变老了

老年女人

　　我老了

　　你没有

老年男人

　　啊　我可不这么觉得

老年女人

　　我变老了

　　你没有

老年男人

　　我们都老了

（停顿。）

　　你不试试拐杖吗

老年女人

好

（停顿。）

老年男人

你有忧虑

或许

老年女人

我老了

我需要拐杖才能走路

（她靠拐杖稍稍走了几步，走得比之前好。）

老年男人

可是　看看你

你做得很好

（她继续四处走。）

好很多了

是吧

老年女人

是　有拐杖好了很多

（她继续四处走。）

好很多

会变得很好

我想

（她停下来，拿起拐杖，看了看。停顿。）

老年男人

可是你

（极短的停顿。）

是的

我们总得吃点东西

是的

我想我得去买点菜

今天

是的　你现在腿脚不便

老年女人

谢谢你

（短暂停顿。）

老年男人

你有什么需要我买的吗

老年女人

　　我没想到什么

（停顿。）

老年男人

　　还有什么我能帮你做的吗

老年女人

　　没有了

　　现在很好

　　你已经给我买了一根拐杖

（她朝他笑了笑。）

老年男人

　　好一点了

　　或许

　　至少

（短暂停顿。）

　　但我得去买东西了

　　就这样

　　好吧

老年女人

　　是的　你

　　要去

（停顿。老年男人下场，老年女人在他后面走了几步，她停下来，看着中年男人。）

中年男人

（对老年女人说。）

　　可是

　　你是谁

（短暂停顿。）

　　你为什么在这里

老年女人

（几乎生气地。）

　　不

　　不要问了

　　你一直问

　　你知道我是谁

中年男人

（挫败地。）

　　不　我不知道

老年女人

（生气地。）

　　不　　你知道

（老年女人从中年男人身旁走开，她摔倒了，然后就这么躺着。中年男人看到中年女人上场，她站在那里四处张望，一个男人也跟着上场。）

中年女人

（对男人说。）

　　很高兴你来了

男人

　　是的　　我必须来

中年女人

（笑了笑。）

　　必须的　　必须

男人

　　是你让我来的

中年女人

　　我让你来的

男人

　　是的　　我们

（住口不语。中年女人走到男人身边，靠近他，他伸出胳膊环住她，紧紧地抱着他，他们亲吻彼此，然后放开对方。）

中年女人

　　很高兴你来了

男人

　　很高兴能再见到你

中年女人

　　你爱我吗

男人

　　我爱你

　　我是那么爱你

中年女人

　　我也爱你

（停顿。）

男人

你什么时候搬家

中年女人

很快

男人

你告诉他了吗

中年女人

是的

男人

他说什么

中年女人

什么都没说

男人

那就好

中年女人

差不多是那样

男人

我猜他也早就预料到了

中年女人

我很确定是这样

男人

他没有难过或震惊

或别的什么

中年女人

没有

（极短的停顿。）

看上去没有

看上去或许几乎可以说

他是高兴的

（停顿。）

男人

很好

（他吻了她，与她分开一点，站着，视线低垂。长长的停顿。）

中年女人

你在想什么

男人

没有　什么也没有

中年女人

不　你是在想什么
你只是不想告诉我

男人

没有

中年女人

告诉我你在想什么

男人

我没在想什么

中年女人

好吧

男人

    我大概是在想

（停顿。他走远几步，老年男人上场。）

中年女人

    可是你要去哪里

男人

    只是出去

中年女人

    去哪里

男人

    只是出去

中年女人

    是的

    可是

    你难道不能告诉我你要去哪里吗

（老年男人朝老年女人走过去。）

男人

　　我说

　　我只是要出去

中年女人

　　你在想一个人

男人

　　我希望是

（他下场了。）

老年男人

　　你不要就只是躺在那里

　　听着

　　你怎么了

　　不要

（他跪在老年女人身旁，把手放在她的脸颊上，又抚摸她的
头发。）

　　拜托　亲爱的

　　和我说点什么

　　不要只是躺在那里

　　你必须得说点什么

　　说点什么

（他晃了晃她的肩膀。）

　　你必须醒过来

　　你不能躺在那里

　　说点什么啊

（她睁开眼睛，看着他。）

老年女人

　　在一切之中

老年男人

　　但你在那里

（停顿。）

　　你吓到我了

老年女人

　　所以呢

（极短的停顿。）

　　可是

　　然后就这样了

老年男人

　　你让我害怕

老年女人

　　我只是摔倒了

　　然后

（住口不语。）

老年男人

　　我扶你起来

老年女人

　　我摔倒了

　　然后没有意识了

老年男人

　　你摔倒了　　然后没有意识了

（他站起来。）

老年女人

　　我没有意识了

（短暂停顿。）

　　完全没有意识了

（短暂停顿。）

　　没有意识了

老年男人

只是没有意识了

老年女人

没有意识了

老年男人

没有意识

老年女人

完全没有意识了

（停顿。）

老年男人

让我扶你起来

（他的双臂架在她腋下，试着把她扶起来。）

我们能行的

你会看到的

（他紧紧抱着她，把她往上托，他把她扶了起来。）

看吧

我们做到了

你站起来了

老年女人

　　谢谢你

（她站在那里，摇晃着。）

　　不　我做不到

（她的腿不由得弯曲。）

　　不　帮帮我

老年男人

　　慢慢来

（他扶她慢慢蹲下，让她坐在地上。停顿。老年男人缓缓下场。停顿。）

中年男人

（自言自语地。）

　　她为什么要来

　　她为什么该来

　　她并不想待在这里

　　她也不需要待在

　　这里

　　可笑的是

　　她想让她不在这里这件事

　　显得重要

　　她希望让这件事变得不同

她当然这么希望

于是我就这么做了

我让这事变得不同

我告诉自己

她应该很快就会来这里

我在等她

因为这是她希望我做的

所以我这么做了

（短暂停顿。）

就像

（住口不语。老年女人向前俯身，脸上满是痛苦。停顿。中年女人上场。）

中年男人

（对中年女人说。）

是你啊

中年女人

我想应该过来看看

中年男人

你过得好吗

中年女人

好　谢谢

中年男人

我也很好

工作还是那样忙吗

中年女人

是

一切都一样

（停顿。）

你过得也很好

中年男人

是的　谢谢

一切都一样

我也是

（停顿。）

所以一切都很好

中年女人

是的　谢谢你

一切都很好

中年男人

很高兴听到你这么说

（停顿。）

中年女人

我只是想过来看看

问个好

（极短的停顿。）

看在往日的情分上

中年男人

是的　谢谢

（短暂停顿。）

我想这里的一切也都和往常一样

中年女人

是的

（停顿。）

我只是想来

问个好

中年男人

是的

谢谢你

（短暂停顿。）

距离我们上一次见面

已经过去很长时间了

很久了

中年女人

时间过得真快

好像一下子就消失了

（他轻轻笑了笑。）

冬天和春天

夏天和秋天

你记得的

（他点头。）

然后

你还是跟往常一样

一切都还是一样的

看起来如此

（短促地笑了一下。）

这么说真傻

中年男人

确实

（停顿。）

中年女人

　　好吧　我最好还是
（住口不语。短暂停顿。）

中年男人

　　你要走了吗

中年女人

　　是的　我应该走了

中年男人

　　那谢谢你来

中年女人

　　保重

中年男人

　　你也是
（短暂停顿。）

　　喂　等等

中年女人

　　怎么了

中年男人

　　不　没有什么

中年女人

　　你可以和我说

中年男人

　　那辆婴儿车

　　你还记得那天吗

　　我们搬进来那天

（极短的停顿。）

　　那辆婴儿车　还有

（住口不语。）

中年女人

　　不　不要说这个了

（停顿。中年女人准备离开。）

中年男人

　　你要再来

是的　在你有时间的时候

中年女人

我会的

（中年女人下场。停顿。）

老年女人

（看着中年男人。）

我的情况越来越糟了

我的脚

它们无法支撑我

我站不起来了

中年男人

可你为什么在这里

老年女人

（忽略他，继续说。）

我几乎什么事都不能做了

（停顿。）

我也不能说话了

（长长的停顿。老年男人上场，他推着一辆轮椅，推到老年
女人旁边，又把她扶起来。让她坐进轮椅。他推着轮椅走

了几步，停下。停顿。儿子上场，老年男人拉着老年女人
的手。）

儿子

我想我得来看看你们

看看老人家

老年男人

谢谢你

这很好

好久不见

儿子

是的　我们很少见面

老年男人

是的　是这样

是的

我们住在这里

然后他们

孩子们

他们搬去了别的地方

（极短的停顿。）

不过很高兴能见到你

儿子

很遗憾妈妈现在是这个样子

老年男人

生命就是如此

儿子

是的

（停顿。）

可是发生了什么

老年男人

好吧　她

（住口不语。）

不

我不想谈这个

再找时间吧

或许

之后

（停顿。）

儿子

    好吧

（停顿。）

老年男人

    可是

    是的

    是的   她摔倒了

    有一会儿失去了意识

    然后

    我找到她的时候

    她躺在地上

    刚开始的时候

（对老年女人说。）

    是的   我必须得承认

    当时我很害怕她死去

    她不能说话

    只是躺在那里

    不过

    她还是有呼吸的

儿子

    她就躺在那里

老年男人

然后

（对老年女人说。）

然后

是的　你又醒过来了

然后你又说话了

一切都和从前一样

当然

除了你的脚

儿子

可是她现在又说不了话了

老年男人

刚开始的时候她说了一些话

（短暂停顿。）

但后来就不再说话了

（短暂停顿。）

她的脚也无法再支撑身体

（极短的停顿。）

她不说话了

儿子

　　真让人难过

（他走过去摸了摸老年女人的头发。停顿。）

老年男人

　　不过我们过得还可以

　　是的

　　现在

　　是的　毕竟

（住口不语。）

儿子

　　是的　我想也是

（停顿。）

　　我想我应该来看看你们

老年男人

　　是的　你做得很好

（停顿。）

　　你过得怎么样

儿子

　　很好　谢谢

一切都是一样的

老年男人

那就好

（短暂停顿。）

我们也很好

你知道的

毕竟

儿子

是的　那很好

是吧

（停顿。）

老年男人

是的　一切都很好

（极短的停顿。）

我们老了

必须得承认

是的

不过

（极短的停顿。）

是的

不过这也在预料之中

是吧

儿子

我想是这样

（长长的停顿。）

中年男人

（自言自语地。）

可是她

为什么没有来

我一直都是一个人

她一直都不来

她发生什么事了

（短暂停顿。）

在这里

她

（住口不语。）

儿子

（自言自语地。）

我在这里长大

（环顾四周。）

我曾住在这里

（短暂停顿。）

然后他们去世了

妈妈和爸爸

（看着老年女人和老年男人。）

他们去世了

离开了

先是妈妈

她病了

不能走路

不能说话

她只是老了

能多老就多老

真的

然后

（短暂停顿。）

还有别的人住在这里

当然

一对年轻夫妻

（极短的停顿。）

但是他们没有孩子

他们在这里住了很多年

（极短的停顿。）

我相信他们现在也过世了

（极短的停顿。）

他和她都是

（极短的停顿。）

我相信他们没有孩子

（极短的停顿。）

我相信她搬走了

但他后来也一直住在这里

度过余生

是的

（极短的停顿。）

还有爸爸

他非常好

他帮助妈妈

（老年男人推着老年女人的轮椅，慢慢向前走。）

老年男人

（对老年女人说。）

我会照顾你的

我会照顾你

是的

别害怕

我会替你

做你不能做的

你的脚

你的嘴

（老年女人视线低垂。）

然后

我会一直在那里

一直

是的

一直

我会

一直

我会一直在这里

中年男人

（自言自语地。）

我一直在这里

我会一直在这里

儿子

（自言自语地。）

爸爸做了他能做的所有

一直

但是他

（极短的停顿。）

　　是的　　他自己也老了

　　没那么强壮了

　　然后

　　然后我

　　我

　　我在别的地方

　　我的妹妹们也是

　　我必须得在别的地方

（长长的停顿。对老年男人说。）

　　需要我帮你吗

老年男人

　　不　　我可以的

　　我不需要帮忙

　　一切都很好

儿子

　　是的

　　等等

（他走过去扶住轮椅。）

老年男人

（对儿子说。）

　　　谢谢

　　　谢谢你

　　　不过我可以的

儿子

　　　我来吧

老年男人

　　　好

中年男人

（自言自语地。）

　　　我等着她

（极短的暂停。）

　　　可是我等的

　　　其实不是她

　　　我只是在等待

　　　等待　　等待

　　　就像其他人一样

　　　等待　　等待

　　　她不会很快来的

她去哪里了

她可以打个电话的

她可以说一下她什么时候来

很久之前她就应该到这里的

（老年男人推着轮椅，自顾自站着，视线低垂。停顿。）

儿子

（对老年男人说。）

我该走了

我想

严格地说　我还没有

（住口不语。）

老年男人

我想是的

（停顿。儿子走远几步，老年男人从轮椅边离开，跟在他后
面，对儿子喊。）

好好照顾自己

下次再来看我们

别过太久

儿子

（他走下去时没有回头。）

我会的

我很快会再来的

老年男人

（仍是对儿子说话。）

我们很好　你知道的

你不用担心

一切都很好

儿子

（仍然没有回头。）

很高兴听到你这么说

（老年男人跟着儿子下场，老年女人试着从轮椅里站起来，她摔倒了，然后躺在地上，中年男人朝她走过去。）

中年男人

可是

我来帮你

等等

（短暂停顿。）

你病了吗

你怎么了

（他小心地把手放在她的额头上。）

喂

说点什么

拜托

（他把手放在她的嘴前，放在她的唇上。）

可是

喂

不要就这样躺着

他很快就回来了

你的丈夫

（他拉起她的手腕，试着找她的脉搏。）

你

不要这样

不　不

不要这样

拜托

他很快就回来了

你的丈夫

（他试着摸她的脉搏，但找不到，他把她的手放到她的腿上，然后拉起另外一只手，也放在她的腿上。这时候老年男人带着担架上场，中年男人朝他的方向走过去。）

中年男人

我来帮你

老年男人

（低声说。）

　　谢谢你

　　非常感谢

（中年男人从老年男人手中接过担架，然后走向老年女人，在她身旁放下，中年男人和老年男人把她放到担架上，而后抬了出去。）

　　暗场。

文景

Horizon

社 科 新 知　文 艺 新 潮

上海文化发展基金会资助项目

各自沉默：约恩·福瑟戏剧三种

[挪威] 约恩·福瑟 著

李澍波、邹雯燕　译

出 品 人：姚映然

责任编辑：张　晨

营销编辑：杨　朗

封扉设计：山　川

美术编辑：安克晨

出　　品：北京世纪文景文化传播有限责任公司

　　　　　（北京朝阳区东土城路 8 号林达大厦 A 座 4A　100013）

出版发行：上海人民出版社

印　　刷：山东临沂新华印刷物流集团有限责任公司

制　　版：北京百朗文化传播有限公司

开 本：850mm × 1168mm　1/32

印 张：13　字 数：205,000

2025 年 6 月第 1 版　2025 年 6 月第 1 次印刷

定 价：69.00 元

ISBN：978-7-208-19512-7 / I · 2210

图书在版编目（CIP）数据

各自沉默：约恩·福瑟戏剧三种 / (挪) 约恩·福瑟 (Jon Fosse) 著；李澍波，邹雯燕译. -- 上海：上海人民出版社，2025. -- ISBN 978-7-208-19512-7

I. I533.35

中国国家版本馆 CIP 数据核字第 2025CN0580 号

本书如有印装错误，请致电本社更换　010-52187586

社科新知 文艺新潮 ｜ 与文景相遇

微信公众号　　　　　微 博　　　　　豆 瓣

bilibili　　　　　抖 音　　　　　小红书